DU MOUVEMENT

DES ÉTUDES LITTÉRAIRES ET SCIENTIFIQUES

EN PROVINCE

(HISTOIRE DES CONGRÈS).

DU MOUVEMENT

DES

ÉTUDES LITTÉRAIRES

ET SCIENTIFIQUES

EN PROVINCE

(HISTOIRE DES CONGRÈS)

PAR

A. DU CHATELLIER

CORRESPONDANT DE L'INSTITUT.

PARIS

DUMOULIN, LIBRAIRE

QUAI DES AUGUSTINS, 13

1865

EXTRAIT DU COMPTE-RENDU
De l'Académie des Sciences morales et politiques.
RÉDIGÉ PAR M. CH. VERGÉ, AVOCAT, DOCTEUR EN DROIT,
Sous la direction de M. le Secrétaire perpétuel de l'Académie.

DU MOUVEMENT
DES ÉTUDES LITTÉRAIRES ET SCIENTIFIQUES

EN PROVINCE

(HISTOIRE DES CONGRÈS.)

Il y a trente ans qu'une institution libre et puissante, qui s'était fondée en Allemagne, vers la même époque, sous l'inspiration d'Alexandre de Humboldt, trouvait en France des imitateurs zélés, et jetait dans nos provinces ses premières racines : il nous a paru utile de l'examiner dans ses développements pour nous rendre compte de quelques-unes des directions que l'étude des sciences et des lettres a prises dans nos départements.

Dès 1833, des relations intimes s'étaient établies entre quelques savants de nos provinces et l'illustre naturaliste Allemand, qui, pour mieux se rendre compte de ses recherches en Amérique, avait cru devoir visiter la France et presque tous les pays d'Europe, afin de trouver, dans les éléments mêmes d'une observation plus étendue, la confirmation des faits et des doctrines qu'il avait cru pouvoir établir dans plusieurs branches des sciences naturelles, et notamment dans l'Orographie et la Géologie.

Ses recherches comme ses relations avaient fait sentir de bonne heure à un esprit aussi élevé et aussi pratique, à la fois, l'avantage qu'il y aurait pour lui, comme pour tous les savants du monde, à trouver un certain nombre d'hommes disposés à se rapprocher suivant les besoins, pour conférer, sur place, de tout ce que des observations locales ou des

1

faits, mis en regard de points éloignés, peuvent apprendre sur les questions les plus diverses.

C'est à ces circonstances que l'Allemagne dut de voir naître vers 1828, sous la direction de M. de Humboldt, les premiers congrès scientifiques auxquels furent conviés tous les hommes d'étude de l'Allemagne et de l'Europe (1).

Nous verrons à quels besoins sentis de notre époque cette grande et belle institution, aujourd'hui éprouvée en France, successivement acceptée en Italie, en Angleterre et en Belgique, a répondu d'une manière plus ou moins satifaisante.

§ I

Comme toute institution naissante, les congrès scientifiques de France ont eu leurs détracteurs, quelquefois peu généreux ou mal avisés, mais aussi leurs partisans dévoués, auxquels les résultats obtenus ne permettent de contester ni une haute compréhension des aptitudes de leur temps, ni la sagacité persistante et résolue qui sait s'emparer convenablement des faits pour les faire accepter de ceux mêmes qui purent un instant se montrer les plus indifférents ou les plus opposés.

Ce fut à Caen, au sein d'une des plus riches et des plus grandes provinces de l'ancienne France que se tint la première session des congrès scientifiques, au mois de juillet 1833. — Par un esprit de sage prévoyance, les hommes d'étude qui s'étaient réunis pour cette première tenue des États

(1) Depuis cette époque presque toutes les grandes villes de l'Allemagne comme de l'Italie ont eu leurs congrès : Berlin, Bonn, Vienne, Heidelberg, Mayence pour l'Allemagne ; Pise, Turin, Florence, Padoue, Lucques, Naples, Gênes, pour l'Italie.

provinciaux de la science en France, crurent qu'ils ne pourraient donner un sens plus significatif à leur projet, que de désigner, pour les présider, un savant de la province, l'abbé de La Rue, à la fois professeur à Caen et membre libre de de l'Académie des Inscriptions. En même temps ils déféraient une présidence honoraire à l'illustre ministre de l'instruction publique, alors député du Calvados, que le pays, dès ce temps, plaçait à la tête de ses affaires, comme la science le proclamait un des plus grands écrivains de notre époque.

Les hommes qui réalisèrent ce premier projet s'étaient déjà fait connaître par des études et des travaux qui indiquaient quelle serait la direction donnée à leurs efforts; et si la réunion devait faire revivre cet esprit provincial qui s'exalte un peu quelquefois pour les intérêts de la localité, elle avait aussi le mérite incontestable de secouer l'indifférence des tièdes et de reporter l'attention des masses et du gouvernement lui-même, vers les faits les plus élevés de l'ordre social.

Parmi les premiers adhérents à cette réunion se trouvaient, en effet, des hommes qui, devenant plus tard, l'honneur de notre pays, s'étaient déjà exercés, l'un à ranimer l'étude des monuments nationaux dans un cours devenu populaire; d'autres à recueillir des traditions, déjà presque effacées, sur la vie de nos pères et sur les monuments qu'ils nous ont laissés comme témoignage de leur piété et de leur goût pour les arts. Trois départements, le Calvados, l'Eure, et la Manche voyaient, dans cette première session des congrès en France, déposer sur la table des séances, le travail déjà avancé d'une statistique monumentale de tout ce que les artistes des anciens âges avaient laissé épars sur le sol de ces trois circonscriptions de la France nouvelle. C'était dire qu'une pieuse vénération et un sage esprit de conservation allaient se révéler dans ces assemblées, en faveur de tout ce qui mérite le respect et l'amour des générations qui se succèdent.

Les autres provinces de la France déjà attentives à l'appel qui leur avait été fait, s'étaient, en quelque sorte, émues à la simple annonce des questions qui avaient été posées, comme des intérêts qui cherchaient à se faire jour. C'est à ce sentiment prononcé chez les adhérents du congrès comme aux vœux des sociétés départementales qu'ils avaient quittées, pour venir prendre part aux travaux du congrès, que celui-ci dut de voir déposer sur son bureau, signées des noms les plus honorables, deux demandes, l'une pour l'érection d'une statue à la mémoire de Pierre Corneille, sur l'une des places de Rouen, l'autre, pour la conservation du baptistaire de saint Jean, à Poitiers, rare et curieux monument du IVᵉ siècle, unique en France, et qu'un projet d'alignement de la voirie municipale allait faire disparaître, quand tant de siècles et d'agitations intestines l'avaient respecté jusque-là.

La belle statue de notre grand poète, sur le pont de Rouen, et la restauration du baptistaire de Saint-Jean et du palais de Poitiers, furent donc, entre plusieurs autres, deux des résultats les plus significatifs de la première réunion des savants français en congrès.

Deux cents membres présents à cette assemblée auxquels s'étaient joints quelques étrangers, venus de l'Angleterre et de l'Allemagne, scellèrent leur réunion de quelques articles réglementaires, parmi lesquels nous remarquons les suivants :

Que le congrès se réunirait successivement dans les principales villes de France ;

Que les archives de chaque congrès, en y comprenant les livres offerts en hommages, seraient régulièrement déposés dans les bibliothèques du lieu où les sessions se seraient tenues ;

Et que les procès-verbaux imprimés des sessions annuelles du congrès seraient remis à toutes les sociétés savantes de France.

Quant à la tenue même des sessions, il n'y eut que très-peu de dispositions réglementaires ; et quelques membres ayant offert de statuer, à l'avance, sur la tenue de ces sessions, il fut très pertinemment observé que les congrès, réunions scientifiques et libres d'hommes d'étude appelés, de tous les points de la France, à se concerter sur des questions que les circonstances recommanderaient à l'attention publique, devaient surtout rester dégagées de toute influence de parti ou de doctrines préconçues, afin que la science elle-même pût jouir de tous les avantages d'une spontanéité capable de porter les esprits en avant.

On conçoit dès lors, quel allait être le caractère des réunions dont nous parlons. Les congrès ne furent jamais un corps savant dans l'acceptation exacte du mot ; et, presque dépourvus de règlements, leurs portes s'ouvrirent à tous ceux qui voulurent y entrer, moyennant une légère rétribution, destinée à couvrir quelques frais d'impression et de rédaction.

Les savants n'y manquèrent cependant pas ; mais les curieux et les hommes de loisir y vinrent aussi, et souvent avec eux, des hommes plus positifs, qui, sans être des savants de profession, se trouvaient être des gens pratiques, appliqués, de près ou de loin, à l'administration publique, au travail de l'industrie ou à la mise en valeur du sol, comme propriétaires, ou simples fermiers ; tenant tous à ce grand mouvement des esprits et des forces appliqués à la production matérielle ou aux plus pures spéculations de la pensée.

Ces assemblées composaient un public d'élite, formant en même temps, une réunion d'esprits exercés, ayant les avantages d'une expérience, plus ou moins sûre, avec une ardeur presque juvénile, pour des questions de son choix et de son goût.

Mais, par-dessus tout, on le conçoit, il fallait, à ces esprits et à ce public lui-même, avec la certitude de pouvoir aborder, tous les sujets qu'il leur plairait de traiter, dans les lettres, comme dans les sciences, la liberté la plus large, pour faire passer, en quelque sorte, par la rapide épreuve du contrôle et de la discussion, les questions qui viendraient à être posées, car ces questions elles-mêmes surtout dans les commencements ne pouvaient être étudiées que très-rapidement et sans l'appui des informations et des documents qu'il n'est guère possible de produire dans des séances, si courtes, si rapides et si souvent traversées par l'imprévu des sujets mêmes qui s'y traitent.

Ces nécessités et ces obligations ont, en quelque sorte, déterminé le caractère général de la plupart des congrès, qui ont eu l'avantage incontestable de décider le prompt développement de certaines idées et l'application ou le rejet de certaines doctrines confirmées ou repoussées par des discussions vives et animées, où la vérité se dégage facilement par cette seule circonstance que les orateurs ne sont liés les uns envers les autres, ni par leurs antécédents, ni par des positions à prendre ou à conserver.

Par une coïncidence assez notable, et que nous ne devons pas omettre, parce qu'elle témoigne hautement de la disposition des esprits à ce moment, une autre ville de France, riche, plus grande que Caen, puissante réunion d'hommes, que sa position, presque au sein de la Vendée, avait toujours tenue en éveil, sur tous les événements de la révolution,

Nantes, qui avait eu ses journées de juillet, comme Paris, convoquait, pour le sud-ouest de la France, un autre congrès consacré comme celui de la Normandie, aux études littéraires et scientifiques, mais évidemment avec une tendance plus marquée vers les questions d'ordre social et politique. Au lieu des lettres, on s'occupa surtout d'économie politique, de franchises provinciales et de questions relatives à la répartition des richesses et à l'organisation du travail. Cela tenait surtout à la présence de quelques sectaires d'une école, alors célèbre, qui se présentèrent aux séances de cette autre session, en nombre assez restreint, mais avec tous les avantages d'hommes jeunes, ardents, recommandés par la nouveauté de leurs doctrines, à une institution nouvelle elle-même. Comme on se le rappelle, c'était le moment où quelques personnes essayaient de faire penser que le rapprochement du travail et du plaisir ne pouvait que préparer très-heureusement les voies à des destinées peu connues que la révolution de 1830 faisait miroiter au regard fasciné de jeunes hommes, tous, amis dévoués et sincères des progrès que quelques esprits croyaient pouvoir réaliser sans coup férir.

Ce fut à cette réunion, prolongée pendant plus de huit jours très-activement occupés, que nous entendîmes, pour la première fois, la parole élégante et sonore d'un jeune avocat du barreau de Nantes, que ses amis, qui étaient aussi les nôtres, nous signalèrent comme un des hommes auxquels les plus brillantes destinées ne pouvaient manquer d'être réservées, fait qui s'est complètement vérifié depuis, et que, pendant quelques années, le Sénat et le Corps Législatif, sous le charme de sa diction fine et mesurée, ont confirmé avec tant d'éclat. Ce fait a été en même temps comme une sanction de l'heureuse constitution des libres et grandes assemblées des congrès scientifiques, où plus d'un homme d'Etat a trouvé, comme celui que nous citons, l'indication de ses propres moyens, ou la confirmation de ses aptitudes.

Douai, pour la Flandre, l'Artois et la Picardie, avait eu également son congrès, en 1835, et le Midi, sous le titre de congrès méridional de la France, réuni à Toulouse, s'était, à la même époque, ressenti de cette vive impulsion des esprits vers des études et des recherches, dont le cadre demandait à s'élargir, avec les besoins de l'époque. Un des membres distingués de cette académie, secrétaire-général de la réunion dont nous parlons, disait, comme nous le disions à Nantes, que les congrès avaient été fondés pour hâter le développement scientifique, artistique et industriel du pays. Toutefois, l'existence définitive des congrès scientifiques de France a été datée de Caen, et l'honneur en est resté à cette ville et au jeune savant qui, dès lors, correspondant de l'Institut (inscriptions), avait eu l'heureuse pensée d'y convoquer tous les hommes de France, amis des lettres et des sciences.

C'était donc, là, comme se fondait, à peu près au même moment, en Allemagne, dans les Pays-Bas, et dans plusieurs provinces de la France, ces grandes réunions scientifiques, connues sous le nom de congrès, que nous n'aurons qu'à suivre dans leurs travaux, pour nous rendre compte de la tendance et de l'esprit de leurs efforts.

Si je m'arrête aux trois premières sessions du congrès qui se réunit successivement à Caen, à Poitiers et à Douai, en 1833, 34 et 35, on voit, de suite, en parcourant la liste des sociétés départementales et des savants de France et de l'étranger, qui tinrent à honneur de se faire inscrire au nombre des adhérents, que l'institution elle-même fut acceptée, dès ses débuts, par les classes les plus élevées et les plus éclairées du pays et de l'étranger.

A côté des professeurs les plus distingués de Louvain et de Bruxelles, du nom de l'aimable baron de Stassart, président de l'Académie de cette dernière ville, et plus tard, du Sénat belge, plus connu parmi nous par la mission délicate et difficile qu'il reçut en 1815, de Napoléon Ier, près de la cour de Vienne, on trouve le nom illustre du patriarche de la science allemande, et de plusieurs membres du parlement anglais, qui comprirent, tout d'abord, le parti qu'on pouvait tirer d'une pareille institution, pour l'avancement des questions les plus difficiles de législation ou d'intérêt international ; c'était le docteur Bowring, alors envoyé en France, pour préparer les voies à un traité qui ne s'est pas improvisé, comme on s'attache trop à le dire, et dont on s'occupait déjà il y a plus de trente ans ; c'était sir Wakefield, de la chambre des communes, jetant, dans une question ardente et très-controversée, toutes les lumières de son expérience, et préparant ainsi la solution de plusieurs questions d'économie sociale, que nous n'avons pas encore résolues d'une manière définitive.

Quant aux Français, empressés à seconder les commencements de cette utile institution, nous trouvons, en tête des listes que nous consultons, les noms de MM. Guizot et Salvandy, Gasparin et de Montalembert, de Pongerville, de La Saussaye, de Lavergne, de Lasteyrie, de Parieu ; tous bien connus de vous, et, en même temps que j'y remarque les noms des doyens et des professeurs les plus renommés des universités où le congrès tint ses premières sessions, j'y trouve aussi, dans l'administration et dans la magistrature, les noms les plus justement respectés, à côté de ceux que le culte des lettres et des sciences en province, recommandait le plus vivement. Les évêques, les préfets, les commandants militaires des départements, s'empressèrent également partout d'accorder aux congrès l'appui moral de leurs sympathies, et souvent, de leur actif concours.

Quant aux questions qui furent posées dans ces réunions, et à la manière dont elles furent traitées, on peut dire, sans crainte de se tromper, qu'elles furent, dans un temps de liberté et d'information, l'expression la plus indépendante et la plus complète des besoins nouveaux qui se manifestaient, au sein de la société française prenant résolûment, sur tous les faits qui touchaient à son existence, le droit de les examiner et de les discuter aux points de vue les plus larges.

Divisés en sections, ayant chacune leur bureau particulier, les congrès embrassèrent simultanément toutes les sciences qui traitent de l'histoire naturelle, de la physique et des mathématiques, de l'agriculture, de l'histoire, des lettres, des arts, de la philosophie et de l'économie politique.

Après s'être demandé quelles sont les meilleures méthodes à suivre, en agriculture, quels services la physique peut rendre à cette même science ou à l'industrie, quels faits nouveaux et instructifs l'histoire peut nous apprendre, quelles conditions de travail, ou quel système nouveau de production la science économique peut recommander, avec le plus de sûreté, les congrès, justement préoccupés du mouvement artistique et littéraire des esprits, en province, s'attachèrent à rechercher comment on sauverait d'une perte irréparable les monuments et les précieux souvenirs du passé, qui avaient été si longtemps négligés. De là, l'idée des collections d'objets d'art, et l'opportunité des plus utiles restaurations se faisant bientôt sentir, jusque dans les régions élevées du gouvernement et de l'administration.

Pour ne parler en ce moment que des trois premiers congrès tenus à Caen, à Poitiers et à Douai, je vois, au rang des questions agricoles qui y furent traitées avec le plus de soin, celles des chemins vicinaux, des cultures alternes et fourragères, du crédit agricole et de l'emploi des machines perfectionnées.

La question des chemins vicinaux, regardée, avec raison, comme une des plus pressantes, car la France n'avait encore, sur cette matière, que la loi de 1824, et l'on se plaignait partout du mauvais état de la viabilité dans nos campagnes, fut traitée, à deux reprises différentes, dans le congrès de Caen et dans celui de Poitiers. Elle eut, pour rapporteur, dans ce dernier congrès, un homme rompu aux affaires administratives, aussi bien qu'à celles du barreau, et le remarquable travail de M. Nicias-Gaillard, que la cour de cassation compte aujourd'hui au nombre de ses présidents de chambre, soutenu de cette parole forte et précise que le Poitou appréciait, dès lors, à sa valeur, mit, dès cette époque en lumière, toutes les pensées et les principes sur lesquels la loi de 1835 a été fondée.

Une discussion des plus brillantes fit ressortir tous les avantages que présenterait la prestation en nature, que sa ressemblance avec les corvées avait, un instant, fait écarter. Les centimes additionnels et les emprunts, dans certains cas, furent aussi acceptés et recommandés à peu près par tous les orateurs, parmi lesquels je remarque le général Demarçay, bien connu par la vivacité de ses observations dans les chambres du temps.

Des essais d'instruments perfectionnés, que quelques agronomes du pays avaient fait venir à grands frais, offrirent, sur un riche domaine, voisin de Poitiers, l'une de ces premières fêtes agricoles que le congrès de Caen avait déjà recommandées, et que la France allait voir se multiplier, au point d'en doter, à peu près, tous les cantons.

Les agronomes présents tombèrent d'accord pour dire que,

sauf de rares exceptions, l'avant-train et les roues, autrefois parties intégrantes de la charrue française de toutes nos provinces, devaient être supprimées.

La création des prairies artificielles, très-improprement regardée par quelques agriculteurs, comme un procédé de culture pouvant diminuer la production des céréales, fut unanimement recommandée, sur les preuves irréfragables données par plusieurs agronomes qui, dès cette époque, purent établir, sur notes, à l'appui d'expériences soutenues pendant vingt et trente ans, que l'extension des prairies artificielles, loin de réduire la production des céréales, en avait, au contraire, considérablement augmenté l'importance. Depuis, cette assertion a acquis force de chose jugée.

La question des baux à longs termes fut aussi une de celles le plus largement traitée. Et si, aujourd'hui, la vérité de cette proposition est un fait complètement démontré, il ne faut pas oublier, qu'à cette époque, peu après le retour du pays à la paix, et à l'étude des questions d'économie générale, il y avait presque partout, en France, des préjugés, depuis longtemps accrédités en agriculture, qui faisaient encore dire à beaucoup de gens imbus des principes surannés de la séparation des classes de la Société entre elles, que pour que le paysan restât attaché à ses champs, il ne fallait pas qu'il fût trop à l'aise ou trop indépendant. Une ou plusieurs provinces, cédant à ces idées, avaient même été jusqu'à prohiber les baux à ferme d'une durée de plus de neuf ans (1).

Comment se fait-il, cependant, qu'après un demi-siècle de

---

(1) Cette loi, longtemps pratiquée en Bretagne, continua à être en vigueur jusqu'en 89, malgré la demande, réitérée par les Etats de la province, de son abrogation. La crainte, mal fondée, de voir les droits de lods et ventes frustrés par des baux à longs termes, fut le prétexte de ce maintien.

paix, cette question soit encore à l'ordre du jour, et sans solution dans la plupart de nos départements.

L'emploi du sel, en agriculture, l'embrigadement des gardes champêtres, l'urgence et la nécessité d'un code rural avec des relevés des usages locaux, furent également au nombre des questions posées et soumises à la délibération des congrès dont nous nous occupons.

Celle des banques agricoles, formulée dès ce temps, fournit aussi l'occasion d'étudier le jeu de cette utile institution à l'étranger, et notamment en Écosse. Les personnes qui, depuis cette époque, ont suivi, même de loin, les travaux de nos congrès, n'ont pas pu oublier tout ce qui y a été dit sur cette question, et l'immense quantité de renseignements et de données, qui ont été produits presque à chaque tenue des congrès, sur tout ce qui s'était fait en Europe sur cet important sujet, et notamment en Allemagne, en Pologne, dans les Pays-Bas, etc., etc, si bien que quand la question du crédit agricole vint enfin se produire devant les chambres, on peut dire que le sujet, presque épuisé, après une information de plus de vingt ans, dans la presse et dans les congrès, n'attendait qu'une solution, dont la formule était, en quelque sorte, écrite à l'avance.

En parcourant la série des questions posées dans les autres sections des mêmes congrès, nous n'omettrons pas de remarquer que presque toutes celles qui y furent mises en délibération, tirent des circonstances et des temps où elles furent présentées, un intérêt, au moins égal à celles dont nous venons de parler.

Ainsi furent celles de la liberté de l'enseignement; du traitement et de la dépense des enfants trouvés dans nos départements; du meilleur système pénitentiaire à appliquer aux détenus, de la propriété littéraire et de ses véritables principes, de l'application de l'armée aux travaux d'utilité publique, du libre-échange et de la suppression des douanes et des octrois.

Quelques-unes de ces questions, inscrites aux programmes des sessions dont nous parlons, sur la demande de quelques membres de ces congrès, étaient naturellement portées des sections à l'assemblée générale et appuyées par des rapports écrits. Presque toujours ces mémoires ont été compris dans les procès-verbaux et publiés *in-extenso*. Il m'a paru que beaucoup étaient fort remarquables et je puis, sans crainte de me tromper, assurer que la plupart des questions ont ainsi été traitées, de la manière la plus brillante et, souvent, la plus complète.

Je citerai, notamment, parmi elles, celle des tours et des enfants trouvés qui, dans le moment où tous nos départements s'efforçaient de réduire le nombre des enfants à leur charge, fut traitée, avec la plus grande distinction, au congrès de Poitiers, grâce aux arguments pleins de force et de vérité que jeta, dans la discussion, un membre de la chambre des communes d'Angleterre, sir Wakefield qui, en déduisant les considérations les plus élevées de morale et de haute raison, n'eut pas de peine à faire comprendre à une assemblée française ce que les mœurs et les lois anglaises avaient de plus juste et de plus politique, que la création des tours, le déplacement des malheureux enfants livrés à la charité publique et la suppression de ces mêmes tours, après le soin qu'on avait pris d'en recommander l'usage, comme une prime offerte au vice, ou, tout au moins, comme le moyen de cacher la double faiblesse de la mère et du père de l'enfant.

Dans un autre ordre de faits, la question de la propriété littéraire, que tant de commissions, tant de congrès et d'assemblées politiques ont discutée depuis, sans qu'on ait

pu s'entendre encore sur la véritable solution du problème
me paraîtrait avoir été parfaitement définie dans un curieux
mémoire de M. Jobard, de Bruxelles, ancien directeur
du Conservatoire des arts et métiers de cette ville. Ardente
et vive, l'argumentation de l'auteur va au-devant de
toutes les objections qui peuvent être faites, et, tout en
admettant que le principe de la propriété littéraire,
par le fait de l'invention et de la création de l'auteur, est
tout aussi incontestable que le droit et le principe de toute
autre propriété, il ne manque pas de faire remarquer la
différence qu'il y a entre deux propriétés, l'une d'ordre matériel et l'autre d'ordre intellectuel : l'une pouvant devenir
l'objet d'un monopole dans les mains de l'auteur ou de ses
ayant-droit ; l'autre ne pouvant jamais le devenir, parce
que la concurrence des produits similaires est toujours possible à un moment ou à l'autre. Ces faits et ces considérations
ont justement conduit le législateur à n'accorder à la propriété littéraire et artistique, qu'une jouissance limitée, une
sorte de droit d'usufruit, subordonné aux besoins de la
société et de la civilisation où viennent à éclore les œuvres
d'intelligence qui, elles-mêmes, doivent une partie de leur
mérite et de leur existence à la société et à la civilisation qui
ont assuré ou préparé leur manifestation

A la suite de la question relative à la liberté de l'enseignement, traitée à Poitiers et à Douai, avec le secours de tous
les arguments que l'histoire des Universités allemandes
pouvait fournir, sur cette matière, ces deux congrès, après avoir
entendu les hommes les plus distingués de la magistrature,
du Barreau et des Facultés, trouvaient dans l'argumentation
d'un célèbre professeur de Louvain, M. le recteur de
Reiffenberg, une série de considérations nouvelles qui
donnaient à la question, elle-même, une étendue et une

portée propres à dépasser toutes les petites visées de l'esprit de parti, retranché derrière des intérêts de situation, de temps ou d'opinion. Entraînée dans cette voie, la section de médecine se posait, de son côté, la question de savoir si, dans l'état alors constaté des connaissances phrénologiques, il serait possible d'en tirer *quelques avantages certains pour le perfectionnnement de l'éducation* ; et cette autre phase de la discussion, sur une matière souvent controversée, donnait lieu à un exposé très-substantiel, sur une science, dont les résultats pratiques sont toujours attendus.

La même section constatait d'un autre côté, par des faits nombreux que *le transport des enfants nouveau-nés à la Mairie, pour la constatation de l'état civil, et à l'église pour le baptême, est une cause fréquente de mortalité.*

Enfin, cette même section, car, si les congrès s'occupent surtout des lettres et des arts, ils ont la prétention de ne rien laisser en dehors de leurs investigations, s'arrêtant à une *idée*, souvent reproduite, et aussi souvent abandonnée, émettait le vœu qu'il fût créé, en France, comme en Allemagne, des établissements mortuaires, où la mort fût régulièrement constatée ; et que, dans tous les cas, le délai prescrit pour les inhumations fût prolongé de vingt-quatre à quarante-huit heures, en été, et de quarante-huit à soixante en hiver.

Comme on le voit, rien donc, dès leur commencement, n'a resté étranger aux congrès scientifiques, et on peut justement dire que, librement constitués, sans avoir demandé leur charte d'établissement à qui que ce soit, ils ont aussi la prétention de parler de tout ce qui peut avoir un droit ou un titre quelconque à l'attention des hommes et des esprits qui se sentent attirés les uns vers les autres, dans le seul intérêt de la science.

§ II

L'action des congrès me paraît surtout utile et hors de toute contestation quand réunis sur un point ou sur l'autre, au siége ancien d'une capitale renommée, ou dans une ville riche et célèbre par son commerce et son industrie, nous les trouvons aux prises avec cet esprit de localité et de tradition qui est la vie même de la province. Jamais dans ces circonstances on n'a manqué de voir les hommes de loisir et d'étude qui forment le noyau de ces assemblées, animer de leur propre ardeur les dépositaires de l'autorité dont la bienveillance dans cette occasion se porte naturellement vers le besoin d'apprendre et de mieux faire.

Une fois, c'est la question des laines qui, traitée par des hommes pratiques de Louviers et de Saint-Quentin, conduit les membres présents à passer en revue l'élevage des bêtes à laine, tant en France qu'à l'étranger ; les qualités différentes de la production dans ces pays et les conditions de commerce et d'échange qui peuvent dominer l'approvisionnement de nos fabriques. La question des salaires et de l'organisation du travail manufacturier, ainsi traitée sur place, s'éclaire sans efforts, d'une foule de données, passées à l'instant, par le creuset de la discussion et qu'on ne retrouverait, nulle part, ailleurs, pas même dans les enquêtes que le gouvernement faisait faire, à grand bruit, à peu près à la même époque.

La question des sucres indigènes traitée au congrès de Douai, au centre même de la production, fournissait les aperçus les plus complets et les plus précis sur tous les faits que le sujet pouvait présenter. Dès cette époque, les producteurs de la betterave, dans le Nord, répondaient victorieusement à ceux de leurs adversaires qui prétendaient que la culture de cette racine faisait diminuer la production des céréales. Les relevés de la statistique, comme les rendements particuliers des terres préparées pour ces cultures, prouvaient hautement que la quantité de grains fournie par les départements de la région, au lieu d'avoir diminué, avait, au contraire, obtenu une élévation constante et soutenue. Les informations officielles de l'administration ont, depuis, confirmé cette assertion. Du reste, si, dès cette époque, en 1854, le congrès de Douai et les producteurs de sucre indigène, en recherchant, avec une louable persistance, tous les perfectionnements que la science et la pratique pouvaient leur offrir, s'attachaient à faire sentir qu'il fallait encore, à la fabrique française, quelque temps, pour parvenir à lutter, avec le sucre des colonies, ce fut en professant très-hautement l'espoir fondé de doter prochainement le pays d'une industrie qui n'aurait rien à redouter, ni des colonies, ni d'aucun pays que ce soit. Des renseignements curieux sur les grandes fabriques de la Prusse-Rhénane, fournis dans cette occasion, par des étrangers présents à la réunion, servirent surtout à éclairer le point de la discussion relatif à l'organisation du travail, dans ce genre d'industrie.

Ces questions et d'autres, tenant d'une manière plus ou moins large à la vie des populations près desquelles se transportent successivement les congrès scientifiques, ne manquent jamais d'y être traitées d'une manière très-pertinente pour les intéressés comme pour l'administration elle-même, qui peut y saisir les faits dans leur manifestation spontanée, avec l'expression des besoins sentis, des espérances conçues, des obstacles à repousser et de tous les détails pouvant assurer les progrès de la fabrique, l'extension du travail et son application la plus sûre. Ni enquête publique, ni information secrète, ni rapport d'agents et de fonctionnaires les mieux placés ne sauraient y suppléer, et, quoi que puissent dire les chambres de commerce et les conseils des départements eux-mêmes, quand on veut bien les consulter, il y aura toujours, dans les informations libres et spontanées des congrès régionaux, une abondance de détails, qui offriront un ensemble de renseignements qu'on ne saurait trouver nulle part ailleurs. Et, si une chose doit nous étonner, sur ce point, c'est que l'administration elle-même n'ait pas aperçu plutôt tout le parti qu'elle peut en tirer pour la solution d'une foule de questions se rattachant aux intérêts qui lui sont confiés.

Les congrès, toutefois, ne s'arrêtent à ces questions, comme à tant d'autres, qu'en passant. Les sciences, les lettres, les arts, comme l'industrie, sont également de leur ressort et tiennent, dans leurs programmes, un rang très-important.

Mais dans la science proprement dite, comme dans l'agriculture et l'industrie, il y a des questions d'ordre général et des questions d'intérêt local.

Les premières, celles d'ordre général, comme de savoir quels ont été les origines ou les résultats de la féodalité, (congrès de Douai) ; quels sont l'objet et le but des représentations scéniques (congrès de Poitiers), m'ont toujours paru peu de nature à saisir utilement l'attention du public ; et, ordinairement, les esprits les plus ardents et les plus exercés, s'ils viennent à s'intéresser, pour un moment, à ces questions, manquent rarement de les abandonner, pour ne plus y revenir, ou pour les renvoyer à d'autres sessions qui se terminent elles-mêmes comme les précédentes, sans conclusions et sans formules pouvant servir d'enseignement.

Mais que dans les sciences, dans les lettres ou les arts, il

survienne des questions qui touchent à des traditions ou à
des intérêts locaux, les choses se passent tout autrement ; il
n'est pas rare alors, comme cela se produit à presque toutes
les sessions des congrès, pour peu qu'il s'agisse d'un monument, d'une tour ou d'une basilique négligés, d'un tableau
abandonné à l'humidité, d'une ogive maladroitement altérée,
de cartulaires ou d'anciens actes périssant sous les décombres
de quelques masures décorées du titre de dépôt public, il n'est
pas rare, dis-je, de voir l'esprit ardent et vif de la localité se
réveiller d'un sommeil, qu'on aurait pu prendre pour une
indifférence coupable, et se répandre, contre le mauvais
vouloir ou l'imprévoyance des Vandales de tous les régimes,
avec une amertume et une indignation, véritables signes d'un
patriotisme que nous avons le regret de ne pas voir se produire plus souvent, à l'occasion de tant d'autres sujets sur
lesquels il aurait son mot à dire et plus d'un conseil à faire
entendre.

Ne sont-ce pas, en effet, les congrès que nous citons, qui,
frappés, dès cette époque, des besoins de l'agriculture française dans nos provinces les plus riches, dans le nord de la
France, comme dans la Normandie et le Poitou, reprodui-
saient, à chacune de leurs sessions, la demande instante
d'une création d'écoles régionales, où l'agriculture serait
étudiée, au double point vue de la théorie et de la pratique ;
n'est-ce pas de ces mêmes débats que naissaient à peu de
distance ces congrès spéciaux et régionaux à la fois, qui
groupaient ici cinq départements de la Normandie, là cinq
autres de la Bretagne, ailleurs trois ou quatre du centre,
plus loin trois autres du Nord, et qui, sous le titre d'associations du centre, de la Bretagne ou de la Normandie, formaient, comme autant de foyers d'activité et d'étude, des-
quels sont sortis tant d'heureux essais et de travaux utiles,

sans compter ces expositions régionales, où l'on a, depuis, étudié toutes les races d'animaux possédées par le pays et une bonne partie des méthodes et des pratiques qui avaient formé, jusque-là, le corps entier de notre science agricole.

Ces services sont éclatants et incontestables, et, si les fondateurs de ces institutions, modestes Cobden de nos provinces si souvent oubliées, n'ont pas été toujours secondés, comme ils l'auraient été, probablement, dans d'autres pays, on ne saurait cependant nier l'à-propos et le succès de leurs louables efforts.

Nous retrouvons partout, d'ailleurs, la trace de leur dévoûment comme de leur persistance, et nous pouvons nous réjouir, avec plaisir, de voir aujourd'hui la plus grande partie des villes un peu importantes de nos départements pourvues de musées et de collections d'objets d'art avec des conservateurs ayant l'œil sur tout ce qui, venant du passé, nous rappelle les goûts et les travaux de nos pères. Pas une session de ces congrès, depuis trente ans, soit local, soit universel, ne s'est passée sans que l'on ait demandé que nos archives, à titre de dépôts publics, aient des inventaires et des conservateurs pouvant assurer leur appropriation aux recherches de tous genres ; que nos monuments anciens soient scrupuleusement classés et étudiés de manière à ce qu'aucun souvenir, aucun débris ne se perdent.

Voyez d'ailleurs, dans cette ligne d'informations et de recherches à quels heureux souvenirs touchent les premières investigations de nos congrès et quels précieux renseignements la science peut y puiser.

Depuis longtemps, en France, on se préoccupait justement des moyens de tracer une histoire véridique et complète de la classe nombreuse du Tiers-État pendant la longue période du moyen-âge. On savait déjà, sans doute, ce qu'avaient été quelques communautés politiques des Flandres et du Nord de la France ; on avait même bon nombre de chartes d'affranchissement de ces communes ; mais le détail de la vie privée des diverses classes des citoyens de ces communes était encore peu connu quand, au congrès de Douai, en 1835, sous le titre modeste de *Rapport sur les coutumes locales du bailliage d'Amiens*, le conservateur des archives de la Cour de cette ville fit part à ses collègues du congrès de *l'heureuse découverte que le hasard* venait de lui faire faire dans le dépôt qui lui était confié, de plus de quatre cents chartes, contenant la déclaration des coutumes locales des comtés, baronnies, châtellenies, seigneuries, vidamés, prieurés et échevinages situés dans l'ancien bailliage d'Amiens, toutes ces pièces, originales, inédites et revêtues de l'authenticité la moins contestable. L'administration de la justice féodale, les droits et les prérogatives des seigneurs, les privilèges et le régime intérieur des communes, tout s'y trouvait classé, détaillé suivant l'ordre des dates comme un document devant servir, d'après la volonté du roi Louis XII, à une nouvelle rédaction des coutumes de l'Artois et de la Picardie, c'est-à-dire de tout le pays compris entre Amiens et Tournai.

Qu'avons-nous besoin de dire que c'est à cette découverte et au rapport circonstancié de M. Bouthors, au congrès de Douai, que le pays a dû, vingt ans plus tard, le remarquable travail d'Augustin Thierry sur l'histoire des communes de cette partie de la France, seul fragment réellement important et complet de l'histoire du Tiers-État, que le pays attendra peut-être jusqu'à ce que d'autres archéologues aient occasion de faire connaître leurs découvertes à quelques-uns des congrès qui siégent successivement dans nos départements

Mais puisque j'en suis aux découvertes historiques que ces assemblées ont le mérite incontestable de provoquer et de mettre en lumière, qu'il me soit encore permis d'en signaler une moins importante sans doute, mais tout aussi curieuse, pour la complète peinture de deux caractères souvent retracés par les maîtres les plus habiles et qu'on retrouve, en quelque sorte, à chaque page de notre histoire du xv° siècle. Nous voulons parler de Louis XI et de Commines, son conseiller.

En remontant à une date aussi reculée et à des personnages si justement célèbres et si souvent mis en scène, on devait se croire pourvu de tous les documents propres à jeter du jour sur les événements auxquels ils se trouvèrent mêlés. Il n'en était cependant pas ainsi, et M. de Vaudoré (1), l'heureux propriétaire du château de Cerisay, voisin de celui d'Argenton, que l'illustre conseiller de Louis XI et des ducs de Bourgogne habita longtemps après son éloignement de la Cour de son premier maître, a eu la bonne fortune de trouver, dans sa famille et dans les archives des La Trémouille, dont les grandes propriétés furent attribuées, comme on le sait, au favori du soupçonneux Louis XI, une foule de pièces qui prouvent que l'habile historien du roi, aussi fourbe qu'audacieux, ne recula devant aucun moyen comme destruction de titres, subterfuges et force brutale pour retenir des biens qui avaient été le prix de sa trahison envers Charles le Téméraire. Bien que Commines soit toujours l'habile capitaine et l'éminent diplomate du règne de Louis XI, on ne peut s'empêcher d'apercevoir dans la vie privée de cet illustre personnage une suite de faits

(1) M. de La Fontenelle de Vaudoré, conseiller à la Cour royale de Poitiers.

et de manœuvres peu propres à recommander son caractère. C'est là, sans contredit, un des services signalés que les enquêtes et les discussions ouvertes devant les congrès scientifiques manquent rarement de rendre, par cela seul que les hommes et les savants qui s'y trouvent réunis ont un égal besoin de faire connaître, comme de vérifier les faits qu'ils ont découverts, ou les opinions qu'ils se sont formées dans le silence de l'étude et l'isolement où ils vivent pour la plupart.

N'est-ce pas encore à une de ces réunions, à celle d'Angers, que fut professée, pour la première fois, l'opinion, au moins très-nouvelle, d'un illustre écrivain, sur la nuit trop fatale du 24 août 1572, dont personne, depuis bientôt trois siècles, n'avait osé parler sans la plus vive indignation, et qu'un des envoyés de Venise près de Charles IX et de Catherine de Médicis caractérisait en termes si précis et si fermes que nous n'aurions peut-être pas connus si, depuis le congrès dont nous parlons, l'attention publique n'avait été ramenée, comme à regret, vers la sanglante catastrophe de la Saint-Barthélemi.

§ III

Entré dans quelques détails sur la première pensée des congrès scientifiques, il ne nous est pas difficile, croyons-nous, d'en faire ressortir l'utilité en jetant un simple coup-d'œil sur l'ensemble de leurs travaux.

Si ma présence à plusieurs de ces congrès et la lecture de plus de cent volumes de procès-verbaux et de mémoires aujourd'hui publiés sur ces réunions, m'ont permis d'acquérir une juste appréciation de leurs efforts comme de leurs tendances, il me paraît qu'aussi préoccupés de faire progresser la science que de la vulgariser, ils se sont, d'une autre part, montrés également jaloux de sauvegarder les justes droits de l'intelligence.

De là une division facile à saisir dans la méthode comme dans l'œuvre même de ces assemblées ; et si elles ont eu de belles et de nombreuses séances consacrées à l'étude propre des lettres et des sciences, elles ont eu aussi d'autres séances, sorte de comités privés où, se prévalant de la plus juste comme de la plus louable indépendance elles n'ont pas hésité à dire ce qui serait mieux que ce qu'on a pratiqué en certaines circonstances sous l'influence passagère de vues étroites trop manifestement empreintes de l'esprit de parti.

Ces dispositions et les circonstances dans lesquelles elles se sont produites, permettent, toutes les fois qu'on le voudra, de classer dans un ordre à peu près méthodique, les travaux et les principales pensées des congrès, ce qui nous a beaucoup aidé nous-même dans le jugement que nous essaierons d'en porter.

Avec le développement naturel de l'institution, d'ailleurs, deux ou même trois classes de congrès, n'ont pas tardé à se produire, tant le besoin de ces assemblées était lui-même pressant, et il n'est pas indifférent de le noter.

Après les congrès *scientifiques de France*, comme ces réunions se sont intitulées, et qu'on pourrait appeler des congrès universels, au moins pour notre pays, il y a eu les congrès régionaux, comme ceux que nous avons déjà cités, embrassant, l'un la Normandie, l'autre la Bretagne ; d'autres le centre ou le nord de la France ; puis, comme dans les grands travaux de l'industrie moderne, chaque fait, chaque pensée, tendant à se perfectionner de plus en plus, par la division du travail, il est arrivé que nous avons eu des congrès purement agricoles, un grand congrès central d'agriculture, un congrès d'archéologie ; une fois, je crois, un congrès médical ; et, soit en France, soit à l'étranger, des congrès s'occupant, l'un de la statistique proprement dite, ou de la théorie même de l'impôt (congrès suisse de 1860), d'autres de la bienfaisance publique ; d'autres, des législations comparées, comme celui tenu à Bruxelles, en septembre 1862. Dans d'autres circonstances, ces assemblées se réduisant à l'étude d'un seul fait, d'un seul intérêt, ou d'une seule pensée, on a vu surgir le congrès des producteurs de laines, celui des libraires, celui des vignerons, celui des maîtres de forges, celui des fermiers et des propriétaires terriens, sortes de grands meetings, où les intérêts matériels se relèvent sous le double effort de la pensée et de l'observation fortifiée par l'étude.

En revenant de ces spécialités aux faits plus généraux des congrès scientifiques, appliqués et ouverts à la fois, à l'élucidation de toutes les questions d'ordre intellectuel et matériel, on peut donc, sans se tromper, ranger, à peu près, tous leurs travaux, comme nous l'avons déjà indiqué, en trois classes :

« Science pure et d'intérêt général ;

« Science appliquée ou d'intérêt local ; »

Et enfin, « organisation et développement de la science elle-même. »

Quelques faits et quelques pensées, empruntés aux procès-verbaux de ces séances, nous diront quelle heureuse influence ont eue les congrès eux-mêmes, sur le développement et l'avancement des intérêts les plus élevés de l'esprit dans notre pays.

Soit d'abord le congrès de Metz, tenu en septembre 1837.

Tout y avait été préparé de longue main, pour la réception des savants qui devaient en faire partie.

L'administration municipale de la ville de Metz, et les trois sociétés savantes qu'elle possédait, société des sciences médicales, société d'histoire naturelle, et société des amis des arts, s'étaient entendues, pour demander le congrès, et la préférence leur avait été donnée sur Autun, Marseille, Tours et Chartres, qui avaient fait des demandes du même genre.

Une commission, prise dans le sein des trois sociétés, et à la tête de laquelle nous rencontrons le nom de M. de Saulcy, aujourd'hui, également, bien connu de l'institut, se trouva chargée de tous les préliminaires de cette fête littéraire.

Ainsi que nous le voyons dans l'avant-propos des procès-verbaux de cette session : « A peine la ville de Metz eut-elle connaissance de la prochaine tenue du congrès, que *son utilité fut appréciée par toutes les classes de la population.* » Chacune des sociétés du pays messin se mit en mesure de préparer des mémoires et des travaux pouvant ajouter de l'éclat à la réunion. Les industriels et les horticulteurs songèrent à donner aux étrangers une juste idée des ressources du pays par des expositions régionales auxquelles s'empressèrent de concourir les hommes les plus distingués. La société philarmonique essaya de traiter la question si ardue de l'histoire de la musique, en même temps que les écoles d'application revoyaient leurs salles de modèles, leurs fonderies, leurs ateliers, leur polygone, en songeant à distraire comme à intéresser les savants qui seraient désireux de connaître les ressources nouvelles de la balistique. Toutes les autorités, le maire, le préfet et les chefs des armes spéciales étaient à la tête de ces préparatifs.

Quant au congrès lui-même, on retrouve sa pensée et son esprit dans la nature des questions posées et traitées dans le cours de sa session.

La géologie, la balistique, l'histoire des tribus et des races qui occupèrent successivement les pays placés sur les rives de la Meuse et de la Moselle ; l'histoire monétaire des premières dynasties de la monarchie française, eurent le privilége de fixer particulièrement l'attention des savants du pays, comme de ceux venus de l'Allemagne, des bords du Rhin ou de l'Angleterre, car ces divers pays se trouvaient représentés au congrès.

Pour la géologie, étude aussi bien choisie qu'éminemment locale pour un congrès, le secrétaire général du congrès, en indiquant sommairement le programme à suivre, disait, avec raison, que le département de la Moselle pouvait être considéré comme un point central pour les études géologiques, puisque l'on avait, au midi les Vosges, à l'ouest les grès verts, la craie, et même les terrains tertiaires ; au nord, les terrains de transition et volcaniques des Ardennes et de l'Eifel ; et enfin, à l'est, le grès bigarré, le grès vosgien et des terrains houillers ; et cette assertion se trouva confirmée par une foule de communications écrites ou verbales sur les innombrables questions que soulevait la constitution des terrains observés par les géologues présents à la réunion.

Dans les sciences exactes, la mécanique et la balistique ne pouvaient avoir, au chef-lieu d'une de nos grandes écoles d'application, moins de partisans zélés qu'aucune autre branche que ce soit, des connaissances humaines. Sans entrer dans le détail des mémoires nombreux et considérables qui furent présentés sur cette matière, il nous suffira de dire que les officiers d'artillerie, Paixans, Bouchotte, Morin, Didion, de Sauley, de Boblay, prirent une part active à toutes les délibérations, et laissèrent des mémoires écrits appuyés de nombreuses planches.

Pour l'histoire des anciennes races, des premiers occupants du pays, nous suivons, dans des communications

pleines d'intérêt, les curieuses recherches auxquelles se li-
vrèrent le docteur Bégin, depuis membre et président de
l'Académie de médecine, M. de Sauley, M. Huguenin, et
plusieurs autres, sur la marche et l'assiette primitive des
Boïens et des *Triboques*, formidables peuplades de la race
celtique qui se disposaient à franchir le Rhin, quand César
arriva dans les Gaules.

L'étude des lieux et de quelques chartes des plus anciennes
abbayes du pays fournissaient des renseignements qui per-
mettaient d'apprécier la marche probable de ces tribus en-
vahissantes, tout en expliquant le soin que durent prendre
les tribus autochtones de la Lorraine, et les Romains, leurs
dominateurs, pour défendre, particulièrement, les sources et
l'embouchure du Rhin plutôt que la partie centrale de ce
fleuve, qui était suffisamment protégé par la ligne des
Vosges, depuis Mayence jusqu'à Saverne.

Il nous paraît évident que ces études sur place, faites avec
une parfaite connaissance des lieux, des monuments et des
souvenirs minutieusement recueillis par des fouilles et des
investigations de toute espèce, ont, pour l'histoire, un mérite incontestable, qu'aucun écrivain, s'occupant de ces matières, ne peut aujourd'hui négliger.

En se rapprochant un peu plus de notre temps, le congrès
reçut, avec un égal intérêt, la savante communication du
colonel Parnajon, appuyée de six cartes d'une exécution parfaite, sur la ville de Metz, avant Charles-Quint, sur son état
au moment du siège célèbre de cette ville qui arrêta l'illustre
monarque, en 1552, et pourrait bien l'avoir décidé à cette ab-
dication célèbre, dont le bruit a longtemps rempli le monde.
Les fortifications de Vauban, comme celles des Romains,
fixèrent, un instant aussi, l'attention du congrès, et une visite des lieux, sous la direction de MM. le colonel Parnajon

et le docteur Bégin, donna naissance à des détails et à des observations qui font embrasser l'ensemble de l'histoire de cette ville, célèbre depuis les temps les plus anciens jusqu'à notre époque.

Nous n'avons pas besoin de dire qu'une foule d'objets recueillis dans des tombeaux d'origine gauloise et franke furent mis sous les yeux du congrès par divers collectionneurs à la suite de ces communications et lui prêtèrent ainsi un nouveau charme.

C'est sous ces impressions que l'étude, déjà faite à Blois, des monnaies des premiers règnes de la monarchie, se trouva reprise au congrès de Metz, et eut pour interprètes MM. de la Saussaye, de Caumont, de Saulcy, Bégin et autres, qui concluaient, d'après les monnaies produites et les renseignements fournis sur les lieux de fabrication, « que les noms « des villes portées sur les monnaies des rois de France, « jusqu'à saint Louis, indiquent toujours qu'elles y ont été « fabriquées, même lorsque c'est un titre de propriété que le « souverain a voulu indiquer. »

L'agriculture, l'enseignement public, la statistique monumentale de Metz et des départements voisins, l'état des services de bienfaisance publique et plusieurs questions d'intérêt local comme jonction de la Moselle à la Saône et tracés de chemins de fer, complétèrent le programme de cette session qui eut, comme celles qui l'avaient précédée, le mérite de réveiller les études de la science et des lettres au sein de l'ancienne province des Trois-Évêchés en rapprochant entre elles toutes les classes de la société qui s'empressèrent de suivre les séances du congrès avec un zèle et une ardeur auxquels les dames elles-mêmes s'associèrent.

Parlant de Fabert et de Vauban qui ont été, de tout temps, les modèles vénérés de la jeunesse studieuse de l'école de

Metz, le président, en déclarant close la cinquième session du congrès scientifique de France, faisait remarquer que les membres du clergé et du séminaire, presque aussi nombreux au congrès que ceux de l'école militaire, avaient ainsi présenté, confondus dans les mêmes rangs et animés d'un égal désir de savoir, les *gardiens du sanctuaire et ses lévites les plus instruits*. Noble exemple qui faisait bien augurer de l'esprit des congrès déjà empreints d'idées d'ordre et de conservation qui n'excluaient de la discussion aucune question d'intérêt commun!

Qu'ai-je besoin de répéter, après cet exposé, quelle importance les congrès nous paraissent avoir?

Ne sont-ils pas évidemment une des meilleures écoles où nos jeunes savants et une partie de nos hommes publics peuvent se former avec le plus de sûreté?

On reproche souvent à nos compatriotes, appelés par leurs talents ou par les circonstances, à prendre la direction des affaires de leur pays, de n'avoir pas mis assez de temps et de soin à le connaître et à l'étudier. Au contraire de ce qui se passe en Angleterre et en Allemagne, on leur reproche surtout de voyager beaucoup plus à l'étranger qu'en France, et de connaître mieux l'Italie, la Suisse ou les rives du Rhin que nos anciennes et grandes provinces, portant avec elles, au travers des siècles, les fortes traditions de leur passé... Où donc retrouver la trace de toutes ces choses, plus vivante et plus accentuée, que dans ces aimables et savantes réunions sans précédents, mais sans engagements aussi, qui admettent librement toute question et toute discussion ayant un intérêt actuel. Les Chambres, l'Institut lui-même, et les services les plus considérables et les plus élevés de l'État, ne se sont-ils pas souvent recrutés, depuis trente ans, à cette école? Et, en reprenant un à un les procès-verbaux de ces assemblées, où tant de jeunes savants se sont essayés à l'exercice de la parole comme à l'appréciation des questions les plus vitales de notre existence civile et politique, nous serait-il difficile d'y retrouver les noms des magistrats et des administrateurs les plus renommés de nos départements, avec ceux de plusieurs des hommes que leurs talents ont placés à la tête des affaires générales du pays?

Les listes des membres de nos congrès, publiées chaque année, parlent trop haut sur ce point pour que nous nous y arrêtions plus longtemps.

Je voudrais cependant, avant d'arriver à quelques considérations d'un ordre plus général, retracer en peu de mots les traits saillants de quelques-uns des congrès qui se sont tenus successivement dans presque toutes nos grandes villes.

Comment, en effet, ébaucher l'histoire des congrès scientifiques en France et ne pas parler, un instant, des sessions de Lyon, de Strasbourg, de Marseille, d'Angers, de Tours ou de Bordeaux, ne fût-ce que pour dire ce qu'y a été le mouvement littéraire et artistique que ces réunions ont déterminé?

À partir de Metz, l'institution paraît prendre, en effet, un essor nouveau, et l'on voit, au congrès de Strasbourg, en 1842, la plupart des corps savants de l'Italie, de l'Allemagne et du nord de l'Europe, tenir à honneur de prendre part à ces grandes fêtes de la science, à la tête desquelles la France se plaçait résolûment, et, par le fait seul de quelques hommes animés des plus saines doctrines de la liberté de penser.

Bruxelles, Copenhague, Christiania, Darmstadt, Florence, Francfort, Fribourg, Leipzig, Livourne, Rastadt, Stuttgart, Turin, etc., etc., y eurent leurs représentants, pris dans les lettres, comme dans les sciences exactes, dans les universités, et dans les académies officiellement reconnues.

D'ailleurs, la réunion était, de tous points, digne de ces
nombreuses délégations, et tous les départements de la France
avaient, en quelque sorte, répondu à l'appel qui leur avait été
fait. Le congrès compta jusqu'à 1,437 adhésions, et, en se
constituant sous la présidence de M. de Caumont, le plus
résolu et le plus ardent organisateur de ces savantes réunions,
l'assemblée, après avoir porté à son bureau, MM. Bertini,
président de la faculté de médecine de Turin, de Schadow, directeur de l'académie de Düsseldorf, et, pour la France,
MM. Boussingault et Jullien, de Paris, offrit l'exemple bien
rare d'une masse compacte de plus de mille savants venus de
tous les pays, animés d'une bienveillante sympathie pour la
science, et tous désireux d'acquérir quelques connaissances
nouvelles, ou d'amender et de rectifier des opinions que la
discussion et les appréciations désintéressées d'hommes d'é-
lite, pris dans des positions et dans des pays si différents, ne
manqueraient pas de mettre à leur juste valeur (1).

De quoi s'agissait-il, en effet, et de quoi s'est-il toujours
agi, dans les congrès scientifiques de France qui, courant

(1) L'ensemble des membres qui assistèrent aux séances du
congrès, se répartirent ainsi qu'il suit : de Strasbourg, 490 membres ; du reste de la France, 309 ; de l'Allemagne 139 ; de la
Suisse, 38 ; de l'Italie, 11 ; de l'Angleterre, 6 ; de la Belgique, 5 ;
de la Russie, 5 ; de la Hongrie, 3 ; de la Pologne, 2 ; da la Suède, 1 ;
de la Norwège, 1 ; de la Hollande, 1 ; de l'Espagne, 1 ; des États-
Unis, 1. 11 jours de travaux et de séances générales, outre 80
séances de sections, servirent à l'étude des questions inscrites au
programme, et l'on compta, outre les discussions poursuivies sur
ces questions, jusqu'à 103 mémoires écrits, dont une partie seule a
pu être publiée. Une médaille frappée en l'honneur du congrès fut
distribuée à tous les membres présents. Cet exemple a été suivi par
les congrès de Lyon, de Marseille, etc.

d'une ville à l'autre, depuis trente ans, ont déjà passé par toutes nos anciennes provinces, et ont résidé, pour quelques jours, dans nos plus grandes villes ? Est-ce que ce fut jamais de science purement théorique, qu'ils ont prétendu s'occuper ? Les congrès, fortuitement constitués, fortuitement composés de tous les hommes amis de la science et du progrès, ne peuvent rien avoir de l'allure méthodique et mesurée d'une académie, au sein de laquelle on traite, par des mémoires ou des rapports longuement préparés, une question de science. Les congrès demandent surtout à produire les résultats de la science pour les vulgariser, dans des manifestations activées, en quelque sorte, par la parole et la discussion, afin de pénétrer plus sûrement dans les esprits, et un peu dans le cœur des populations qu'ils vont chercher partout où ils croient trouver une idée à cultiver, une émotion à faire naître, une bonne pensée à mettre en pratique, dès quelle a été recommandée par l'éclatante démonstration de la vérité.

Consultez les procès-verbaux et les mémoires des congrès que nous venons de citer, ces idées et ces tendances éclatent de toutes parts, et les plus savantes discussions des hommes éminents qui se trouvèrent réunis à Strasbourg, laissent percer partout cette avidité de savoir, ce besoin de connaître, qui sont comme les signes et les attributs de notre âge. La seule énonciation des questions débattues, comme des mémoires produits, en déposent hautement.

A Lyon, à Angers, à Marseille, les choses ne se passèrent pas autrement. Lyon eut près de 1,400 adhérents ; Marseille en compta plus de 600 ; Angers, 640 ; et plus rapproché de nous, le congrès qui se tint à Bordeaux en 1860, se soutenant à la hauteur du zèle qui avait animé les précédentes sessions, n'a pu arriver encore à la complète publication de ses mémoires, quoique l'on parle déjà de quatre volumes compactes, consacrés aux travaux de cette réunion.

De très-importantes communications sur les arts, sur l'histoire naturelle, sur la statistique et l'histoire commerciale de cette grande et belle cité, centre d'un si riche pays, y tiennent une place considérable, et formeront ainsi un des chapitres les plus complets de cette enquête toujours ouverte sur l'état des lettres et des sciences, dans notre pays. Et quels ont été les auteurs et les interprètes des questions posées à ce congrès? — Ce sont le cardinal Donnet pour l'orphelinat agricole; le préfet et le président de la chambre de commerce, pour les docks à joindre au vaste port de Bordeaux; le maire de la ville, pour les questions d'instruction et l'examen des faits relatifs à la production, au commerce, à la navigation et à tous les grands intérêts qui recommandent de lier le bassin de la Garonne à la Méditerranée elle-même en vue des relations nouvelles que le canal de Suez établira sans tarder entre l'Occident et l'extrême Orient (1).

Ce mouvement des esprits et de la science n'est pas, au reste, particulier à notre pays, comme nous l'avons déjà dit; et quand Bordeaux avait son congrès, Manchester, de l'autre côté de la Manche, avait aussi le sien, et ne comptait pas moins de 3,130 adhérents dont 1,800 dames. Les cotisations, fixées à une livre, formèrent une somme de 80,000 fr., pour la Société de l'Avancement des Sciences en Angleterre.

L'Allemagne, depuis 1828, a eu les siens et en très-grand nombre sur toutes les questions d'intérêt moral ou matériel,

(1) C'est comme corollaire et confirmation de ces études que M. de Lesseps, au congrès de Chambéry en 1863, et précédemment en 1862, au congrès central des sociétés savantes des départements, a bien voulu exposer dans le plus grand détail la série des travaux en exécution pour l'achèvement du canal de Suez.

qui agitent depuis si longtemps le séjour toujours animé de la lente méditation. Il n'est pas une industrie, pas une question d'ordre moral qui n'ait été ainsi étudiée au sein des villes les plus considérables et des nationalités les plus opposées. Les traités de commerce du Zollverein, comme les questions synodales et le concordat de 1855 en sont émanés. Les tarifs d'état à état, les relations postales, et les franchises de la navigation fluviale en sont également sortis, et nous pourrions citer, jour par jour, ville par ville, tout ce qui s'est fait dans le sens de ces émancipations, grâce aux annotations faites sur chacune de ces réunions, sorte d'assises de la pensée du siècle, par un membre de l'Académie impériale d'Autriche, M. Ami Boué, dont les notes manuscrites qu'il a bien voulu nous communiquer ne laissent à bien dire aucune lacune sur ce sujet.

Mais, encore une fois, si les congrès sont une manifestation de la science, s'ils s'y rattachent, de toutes manières, par les sujets traités, comme par les hommes qui s'y donnent rendez-vous, c'est, surtout, la démonstration et la vulgarisation des faits acquis, des vérités établies ou simplement énoncées qu'ils ont pour but de produire, de mettre au jour et de faire circuler, comme toutes les inventions nouvelles qu'il faut soumettre à l'application, après qu'elles se sont produites.

S'agit-il de l'histoire naturelle? La visite des lieux, l'accumulation des faits dans le temps et sur place, sont de nouveaux éléments à consulter, que les congrès produisent entiers et variés, dans toutes les régions et sur tous les points où ils se transportent successivement, en étendant et en complétant toujours la série des observations à faire, ou déjà faites (1).

(1) C'est à un des congrès scientifiques de France que la belle théorie de M. Adhémar sur les âges probables du monde, eu

S'agit-il de l'histoire des peuples et des lieux auxquels les congrès s'arrêtent, ils trouvent, au milieu des traditions vivaces et persistantes, des races qui ont laissé leur trace marquée sur le sol, les mouvements et les travaux des générations déjà éteintes.

Dans ces conditions, l'étude de l'industrie et du travail national s'éclaire, elle-même, des assimilations, comme des contrastes que présentent, entre eux, des lieux et des populations qui se touchent ou se confondent. L'histoire du sol, de la faune locale ou de la climature, rend ainsi compte, sur place, d'une foule de faits et d'aptitudes dont on ne peut se faire une idée exacte, à un point de vue, trop éloigné ; et si l'on pénètre plus au fond des choses, jusqu'à rencontrer les récits colorés de la légende ou le mirage scintillant de la poétique des premiers âges, quels faits nouveaux et significatifs quelquefois, s'échappent de ces sources si intéressantes à consulter et dont les premiers traits ne peuvent se retrouver que sur les lieux eux-mêmes.

S'il s'agit du travail et des classes laborieuses : où en saisir

égard aux révolutions géologiques dont les traces ne peuvent être étudiées que sur place, a été émise pour la première fois. C'est également à l'un des derniers congrès des délégués des sociétés savantes de France qu'un habile professeur de la Faculté de Clermont, après trente ans passés sur les lieux, faisait, dans une improvisation remarquable, l'histoire détaillée des révolutions qui ont marqué les âges différents des terrains si variés de l'Auvergne, depuis le temps où ce plateau élevait ses crêtes déchirées au-dessus des mers sans limites qui l'environnaient, jusqu'au moment où les continents qui forment l'Europe de nos jours se sont unis les uns aux autres par des alluvions et des soulèvements dont les résultats sont en quelque sorte décrits jour par jour à l'aide d'une savante analyse que toute une vie d'observation pouvait seule éclairer.

la loi comme le développement, ailleurs que dans les trans-
formations successives que le temps et les circonstances ont
déterminées dans le cercle restreint d'intérêts autrefois limités
par des coutumes locales, dont on ne peut comprendre la
pensée et l'objet, qu'en s'arrêtant sur les lieux qui restent
encore animés de l'esprit qui les domina si longtemps.

Les arts, les pratiques locales, les croyances, les aptitudes
ou les répulsions les plus prononcées, ne peuvent s'étudier
bien et complètement, qu'en descendant ainsi au milieu
des existences que l'on veut connaître ; et, pour comprendre
le mouvement même de la science, il faut voir de près et
sous leur véritable jour les faits nouveaux et sans nombre que
les congrès comme une enquête toujours ouverte produisent
et mettent en lumière en les exhumant en quelque sorte de
l'oubli où ils étaient restés.

§ IV.

Rendu à ce point de l'histoire de ces assemblées nouvelles
de la science qui, depuis trente ans, comptent une moyenne
de cinq à six cents adhérents par an, il est nécessaire, pour
mieux comprendre leur objet et leur but, de s'arrêter à con-
sidérer, au moins sommairement, quels furent l'esprit et le
caractère des études littéraires et scientifiques en France,
avant 89.

Si l'on suit un peu de près l'état scientifique du pays sous
l'ancienne monarchie, on reconnaît sans peine que le grand
mouvement des esprits, au xvıɪᵉ siècle, procéda, évidemment,
de la longue et patiente préparation qui s'était faite dans
toutes les branches des connaissances humaines sous la
double influence des Universités et de l'Église.

Personne ne saurait nier que le long et silencieux travail
des cloîtres n'ait été la source féconde d'une foule d'études et
de recherches qui élevèrent sensiblement le niveau des con-

naissances dans l'histoire, dans les lettres anciennes et même dans certaines applications de la science aux grands travaux de l'industrie et surtout de l'architecture et des arts qui s'y rattachent.

Mais on saurait encore moins se refuser à reconnaître le mouvement, bien autrement vif et pénétrant, que les anciennes Universités du pays, longtemps considérées comme les filles puînées de l'Église, surent imprimer aux esprits, du xiiᵉ au xvᵉ siècle, et la part active et décisive qu'elles eurent dans la formation définitive du génie national en l'animant en quelque sorte de toutes leurs aspirations vers un état nouveau de la politique comme de la science.

Cette action et ce mouvement des Universités, avec leurs controverses, leur libre enseignement, leurs essais dans toutes les voies ouvertes de l'investigation, leur fière et ferme indépendance, leur solide constitution et le lien qui unissait entre eux les doctes et les jeunes adeptes dévorés de la soif de savoir, ont évidemment préparé, plus qu'autre chose, cet esprit d'information et de contrôle qui, courant d'un bout à l'autre de la chrétienté, amena les profondes réformes qui ont changé la face de tant d'États et laissé leur nom à un siècle auquel presque tous les peuples font remonter leur liberté et leurs plus précieuses institutions.

On sait aussi, sur ce point, que la France, pour n'être pas entrée aussi résolument que quelques autres pays, dans la voie des réformes qui touchèrent surtout aux traditions et aux dogmes de la pensée religieuse, n'en subit pas moins, pour les esprits, un mouvement de trépidation irrésistible qui finit par prendre un caractère spéculatif et philosophique dont le suprême éclat eut lieu en 89 et se répandit sur le monde comme une lumière nouvelle qui pénétra jusque dans les détours les plus obscurs de la vie civile et politique des peuples.

Comment se fit ce mouvement, où et comment se prépara cette vive flamme de la rénovation intellectuelle de notre époque, si ce n'est, comme nous l'avons dit, dans les Universités du moyen-âge, dans le sein de l'Eglise, dans les cloîtres mêmes par occasion, et, plus près de nous, dans les corps savants et constitués des gouvernements modernes, quand la science elle-même se fut fait, en quelque sorte, accepter comme la seule condition, la seule règle possible du gouvernement, des grands intérêts de ce monde ?

Deux papes, Boniface VIII et Clément V, après avoir hautement déclaré, dans des bulles d'institution en faveur de l'Université d'Orléans, qu'il ne fallait pas que les immunités qu'ils accordaient à la science excitassent la *colère de ceux dont le soleil faisait briller les boucliers d'or*, n'hésitaient pas à dire *que ceux qui possèdent la science sont les défenseurs de la justice ; que ce sont eux qui dégagent les causes des faits obscurs qui les embarrassent, et que ce sont eux encore qui rétablissent le droit de chacun et viennent ainsi en aide au genre humain tout aussi bien que s'ils sauvaient la patrie par les blessures qu'ils auraient reçues dans le combat* (1).

Dès ce moment on observe, on discute partout où les esprits s'éveillent pour se faire jour vers l'inconnu. La controverse et le contrôle se suivent de près. Il y a des docteurs et des maîtres librement élus ; il y a des cours librement ouverts ; des matières et des sujets en discussion dont chacun a le choix ; la parole est chaude et ardente aux quatre coins de la chrétienté. Ici, on ose s'en prendre aux plus solides et aux plus respectés mystères de la religion ; là, on met en question et l'on discute les croyances les plus anciennes et

(1) *Histoire de l'Université de lois d'Orléans* (Bulles des Papes Boniface et Clément).

les plus fortement établies ; on mêle aux saintes doctrines de
a loi chrétienne les systèmes et les doctrines de l'antiquité,
et, jetant le tout dans un même creuset, on voit en sortir, au
grand étonnement du monde, des croyances toutes nouvelles
sous lesquelles l'Église elle-même est au moment de fléchir
en se trouvant forcée de prendre rang parmi les sectes qui
se patronnent des noms de Platon ou d'Aristote.

Sur ce point il y a cela de fort remarquable, au reste,
que, de nos jours encore, ces disputes et ces controverses paraissent ne s'être pas complétement éteintes, puisqu'une
lettre récente de l'archevêque de Tours, à son retour de Rome,
en mars 1862, portant réponse à l'évêque de Nantes qui
l'avait consulté sur l'esprit des cours de philosophie profes-
sés dans quelques séminaires, n'hésite pas à dire que les doctrines et les controverses, soutenues dans le moment, *ne lui
paraissent pas différentes de celles qui ont été agitées pendant
tout le moyen-âge, les uns professant le système péripaté-
ticien* quand *les autres sont platoniciens déclarés* (*Correspondant* d'avril 1862). Mais, à cette époque, ce mouvement
n'était, à bien dire, qu'une gymnastique des esprits, préparant
les hommes et les sociétés à des luttes terribles qui sont en
dehors de notre sujet et que nous n'avons pas à raconter.

La Ligue, la Fronde, les règnes si troublés des Valois et
des Bourbons furent, parmi nous, le résultat le plus marqué
de ce mouvement des esprits, mais au lieu de le suivre dans
ses formidables évolutions, il suffit, pour notre sujet, que nous
le retrouvions dans l'action plus calme des sociétés savantes
qui se formèrent dans le dernier siècle jusque dans plusieurs
villes d'un ordre très-secondaire de nos anciennes provinces.

J'ai eu sous les yeux l'état, à peu près complet, des académies de la France du règne de Louis XIV à 89, et je trouve
qu'à cette dernière époque, outre les grandes académies de

Paris, le pays comptait, réparties sur l'ensemble de son territoire, 41 sociétés savantes, la plupart constituées sous les noms d'*académie*, de *société académique*, de *société littéraire* ou d'*agriculture*. En suivant leur ordre d'ancienneté, on trouve qu'elles se répartissaient à peu près comme suit entre Toulouse, Rouen, Caen, Dijon, Besançon, Montpellier, Lyon, Poitiers, Arras, Amiens, Metz, Angers, Châlons-sur-Marne, Auxerre, Bourges, Bordeaux, Rennes, Brest, Grenoble, le Mans, Cherbourg, etc., etc.

Toutes, à l'exception de celles de Toulouse, de Caen, de Rouen et de deux ou trois autres peut-être, ne dataient que des dernières années du xvii⁰ siècle. Le plus grand nombre avait été instituées par des lettres patentes du roi, émises dans la première moitié du xviii⁰ siècle et dûment enregistrées par les Parlements de leur siège.

C'est dire que leur fondation et leur premier établissement avaient été l'objet de mesures et de négociations dirigées par les hommes les plus considérables des diverses provinces de la France.

Si l'on consulte ces lettres de premier établissement, on trouve que, presque partout, les promoteurs les plus zélés de ces fondations furent les gouverneurs et les intendants de nos provinces, auxquels se joignirent quelques présidents ou conseillers des Parlements et des sénéchaussées alors en fonction. Les noms de quelques évêques et de leurs chanoines s'y trouvent aussi mêlés, et c'est sous le patronage plus ou moins actif de ces dignitaires de l'ancien régime que les académies provinciales de la monarchie se formèrent parmi nous.

Nous avons vu, aussi, de notre temps, et dans les conditions nouvelles d'un état social tout différent, des sociétés d'étude se former sous le patronage de quelques préfets appelés à des présidences honoraires ou réelles ; mais on ne tarde pas à remarquer que la position comme l'action de ces nouveaux patrons sont aussi différentes de celles des anciens que la condition des titulaires actuels de nos sociétés départementales est, elle-même, différente et éloignée de celle des titulaires des anciennes académies dont nous parcourons l'histoire.

Au rang des bienfaiteurs de celles-ci, je trouve, en effet, les noms les plus considérables, et, parmi eux, ceux du maréchal de Belle-Isle, du comte de Caylus, du duc de Charost, du duc de Chaulnes, du duc de Villeroy, de MM. de Chauvelin et de Clermont-Tonnerre, de MM. Dupré de Saint-Maur et de Châteauroux, de Noinville, de Fitz-James, et aussi quelques noms de femme, comme celui de Mme la marquise du Terrail et d'une demoiselle Guérin, digne émule de Clémence Isaure. Quelques princes : Monsieur, frère du roi, et Stanislas de Pologne ont également attaché leurs noms aux prix qu'ils fondèrent, de leurs deniers, en indiquant eux-mêmes, les questions à traiter.

Des musées, des médailliers, des bibliothèques surtout provinrent de ce genre de libéralités, et il n'est pas de ville, aujourd'hui, pourvue d'une académie ou d'une société littéraire, qui n'ait dû leur fondation et le développement de leurs collections, l'une à un conseiller ou à un président de Parlement qui léguait ses livres à ceux de ses confrères qui lui survivaient; l'autre à un chanoine ou à un évêque désireux de recommander leurs noms à ceux qu'ils avaient longtemps dirigés dans les voies de la foi religieuse. Lyon, Rennes, Marseille, Bordeaux, Rouen, Dijon, Auxerre, Arras, Amiens, Poitiers et beaucoup d'autres villes, doivent leurs bibliothèques et leurs plus belles collections à ces dons et à cette libérale pensée de la science cherchant à se vulgariser par les livres et l'enseignement.

Mais toute la pensée de ces sociétés et de leurs protecteurs est loin de se trouver dans ces soins donnés à des intérêts presque matériels.

On ne croyait pas alors, comme aujourd'hui, que pour former une académie ou une société littéraire, il pût suffire de se réunir en plus ou moins grand nombre avec l'agrément du maire ou de M. le sous-préfet, chargé de faire valider, par un arrêté préfectoral, le titre dont on a fait choix, sauf à se cotiser, le plus modestement possible, pour les dépenses courantes du secrétariat chargé des convocations mensuelles.

Ce n'est pas là comme les choses se passaient.

Chaque académie se composait d'un nombre très-limité de membres qui, avant de recevoir l'honorable titre d'associés ordinaires, devaient avoir fait leurs preuves et avoir subi les chances d'un scrutin. — Aujourd'hui, la porte de nos académies départementales, sauf quelques très-rares exceptions, est ouverte à deux battants à tous les honorables citadins qui veulent bien en faire partie, moyennant cotisation. Les sociétés elles-mêmes avaient leurs preuves à faire, et, pour presque toutes, il se passa quelques dix, quinze ou vingt ans de travaux consignés dans des mémoires et des publications régulières, avant qu'elles parvinssent à se faire autoriser par des lettres-patentes et un enregistrement au Parlement. Pourvues de cette sanction, leur existence était dès lors définie et caractérisée. Quinze, vingt ou trente membres au plus formaient la compagnie.

Quant à leur constitution même, elle était consacrée par l'approbation des plus grands corps de la province, et il n'était pas rare, comme à Rennes, par exemple, qu'une simple société d'agriculture prît exclusivement ses membres dans le sein même des États de la province et se divisât en sections et par évéchés, pour étudier, sur place, tous les faits intéressant le pays.

Fondées pour étudier les sciences et les lettres, ces sociétés, que les plus grands personnages de l'Etat et de la province tenaient à honneur de présider, recevaient, presqu toujours, la mission spéciale et définie, l'une, d'étudie l'histoire de toute une province, comme celle de Besançon ou de Dijon, l'autre un art et une science spéciale, comme l'académie de Brest, qui compta, dans son sein, les hommes les plus distingués de la marine française, avec mission d'éclairer, par l'expérience, toutes les questions de théorie relatives à la navigation et aux constructions maritimes.

Rouen, Lyon, Marseille, Bordeaux et d'autres grandes villes placées dans les centres les plus actifs de l'industrie et du commerce, avec le concours officieux et puissant des gouverneurs et des intendants de provinces, avaient également la mission d'éclairer, par la discussion et par leurs recherches, toutes les questions touchant, de près ou de loin, à la vie et à la richesse de ces pays. Parcourez la série des mémoires couronnés par ces académies, et vous verrez qu'à Orléans on s'occupait alors de la Sologne comme on s'en occupe encore aujourd'hui; qu'à Nimes on recherchait, en 1780, les causes qui s'opposaient, depuis quelques années, au succès de la culture des vers à soie comme on peut le faire de nos jours ; qu'à Bordeaux on avait successivement étudié toutes les questions relatives à la fabrication des vins, à la culture et à la taille de la vigne, au raffinage des sucres, à la grande navigation, à la culture et au boisement des Landes, au traitement des esclaves et des nègres sur la côte d'Afrique et dans les colonies ; et que des citoyens, amis compatissants de leurs frères de couleur, faisaient, eux-mêmes, les fonds des prix affectés à ces questions et les élevaient, avec la ville, jusqu'à des sommes considérables. Sur d'autres points de la France, quand l'académie de Lyon, composée de quarante membres dont vingt s'occupaient exclusivement des sciences exactes, posait annuellement des questions relatives à la fabrication ou à la teinture des soies (1), une autre académie, celle de Marseille, se rappelant son origine, reprenait l'histoire de son passé, et posait, en même temps, la question complexe et difficile de savoir quel serait le meilleur plan d'éducation à suivre pour les jeunes générations de cette ville maritime à peu près comme on le fait aujourd'hui en se demandant ce que doit être l'enseignement professionnel. Composée de vingt membres, cette académie, qui avait eu le maréchal de Villars pour un de ses bienfaiteurs, avait, dès le commencement du xviiie siècle, un cabinet d'histoire naturelle dû à la libéralité d'un de ses membres, et un riche médailler où se trouvaient des monnaies fort rares de toutes les époques de l'ancienne cité des phocéens. Elle s'était trouvée, en même temps, dotée d'un édifice richement décoré pour la tenue de ses séances, et elle comptait, en 89, plus de trente volumes de mémoires lus à ses séances. Une autre académie, celle de Châlons-sur-Marne, qui avait eu pour fondateur un gouverneur des provinces de Champagne et de Brie, M. le comte de Clermont, et un ministre du roi, M. de Saint-Florentin, paraissait, surtout, adonnée à l'étude des sciences sociales, et nous remarquons parmi les questions qu'elle mit au concours, celles

(1) Daunou et Bonaparte furent, dans les dernières années du xviiie siècle, au nombre des lauréats de cette académie, comme au commencement de ce siècle MM. Guizot et Mignet ont tous deux débuté par un prix remporté à l'Académie de Nîmes. (Discours de M. Bouillier, président de l'Académie de Lyon, Paris, 1857. — Durand.

sur l'extinction de la mendicité, sur l'éducation du peuple et des femmes, sur l'adoucissement des lois pénales, sur l'amélioration de la condition des classes agricoles, sur l'administration de la justice en vue de diminuer les délais et les frais, sur le moyen d'encourager les mariages, etc. D'autres posaient la question de savoir comment on pourrait diminuer le nombre des enfants trouvés en assurant leur sort d'une manière convenable, de quelle influence sur les mœurs pouvait être la morale du gouvernement (Dijon), à quoi il pouvait tenir qu'une partie de la honte attachée aux peines infamantes retombât sur les membres de la famille du condamné. Et par qui cette dernière question, mise au concours en 1782 au nom de la société royale de Metz qui avait reçu, du maréchal de Belle-Isle, une dotation de 60,000 livres, par qui cette question était-elle traitée ? Par deux avocats d'une célébrité bien différente et qui méritèrent chacun une couronne : par M. de Lacretelle, du barreau de Paris, et M. de Robespierre, du barreau d'Arras. D'ailleurs, il ne faut pas croire que ces succès ne fussent pas très-vivement disputés ; ici, le mémoire de M. de Lacretelle, un des deux lauréats, portait le n° 22, et nous avons vu des concours où les joûteurs se présentaient des Universités et des Académies les plus renommées de l'Europe, de Pise, de Milan, de Bologne, pour le Midi ; de Dantzick, d'Upsal, de Stockolm, de Londres et de Copenhague, pour le Nord. On sait que c'est aussi de la Suisse que M. Marat était venu, l'année précédente, disputer, à l'académie royale de Rouen, le prix qu'il obtint sur la question de l'électricité appliquée à l'art de guérir.

Faut-il s'étonner, qu'ainsi constituées, ces académies, partout formées de savants pourvus de connaissances assez solides pour leur permettre de rivaliser avec les académies les plus renommées de Paris et de l'Europe, aient été traitées par

le pouvoir et le pays lui-même sur le même pied que les académies les plus justement renommées? C'est ainsi que
l'académie de marine de Brest, après avoir été instituée par
lettres-patentes sur le même pied que l'académie des sciences
avec le titre d'*Académie royale*, avait l'honneur de suggérer
à l'Angleterre la création d'une société du même genre qui
se plaça, dans ce pays, à la tête de toutes les inventions qu
purent faire prospérer le grand art de la navigation militaire
et commerçante.

L'académie de Montpellier, traitée avec une faveur encore
plus marquée, à raison de ses découvertes dans les sciences,
reçut, dès 1706, des lettres-patentes qui lui accordaient le
titre de société royale des sciences, portant qu'elle ne serait
qu'une *extension de celle de Paris* et *en ferait partie*.
C'était en présence des Etats-Généraux et sous la présidence
de l'archevêque et du gouverneur de la province qu'elle tenait sa première assemblée. Elle ne comptait, d'ailleurs, que
15 académiciens ordinaires, avec des adjoints et des associés
étrangers et regnicoles, dont le plus grand nombre devait
résider à Montpellier.

L'Académie royale de Nîmes était, au même titre, instituée
par lettres d'août de 1682, avec une pleine sanction des
*honneurs, privilèges, franchises et libertés, dont jouissaient
les membres de l'Académie française* (1). A très-peu de
distance, en 1684, une autre académie se fondait à Angers,
par les soins de son premier magistrat *Charlot des Botte-*

(1) Ces faits se trouvèrent confirmés de tous points par la réception officielle des membres de l'Académie de Nîmes, au sein de
l'Académie française, le 30 octobre 1692, M. de Toureil étant alors
président de cette dernière, et répondant à ce titre à l'abbé Bi-
gault, président de l'Académie de Nîmes qui vint s'asseoir à ses
côtés.

lorières; confirmée par lettres patentes du souverain, elle se constituait à l'aide de trente membres nés dans l'Anjou et une première fois nommés par le roi avec le droit de jouir *des mêmes honneurs, privilèges, franchises et libertés dont jouissaient ceux de l'Académie française,* à l'exception du droit de *Committimus* (On sait que ces privilèges entre autres choses dispensaient de tout service militaire). *Histoire de l'Académie des Sciences et Belles-Lettres d'Angers* par M. Bordeau. — *Revue des sociétés savantes.*

Ces détails prouvent, que notre pays, depuis longtemps, pourvu d'hommes et de sociétés très en mesure d'honorer la science, et de lui rendre les plus grands services, ne faillit jamais aux sérieuses obligations du rang qu'il tenait dans le monde ; mais une telle constitution des sociétés adonnées à l'étude, sous le triple patronage des institutions représentatives de nos anciennes provinces, des hommes les plus haut placés dans la hiérarchie sociale, comme de l'Église, devait, elle-même, s'affaisser sous le terrible choc des vives passions d'une révolution qui s'en prit, tout à coup, à ce qui avait joui, dans le passé, d'un caractère d'autorité ou de supériorité quelconque. Les immunités et les distinctions accordées à quelques hommes de lettres de la province, quoique ces hommes s'appelassent alors Brissot, Maret, La Harpe, Bitaubé, de Tocqueville, Lalande et Parmentier, furent regardées elles-mêmes comme des privilèges, et il fut un temps où le mot spirituel et si exact d'un des derniers élus de l'Académie française qui disait naguères que *la première des aristocraties était celle de l'intelligence,* n'eût pas été prononcée sans faire courir les plus grands dangers à l'aimable poète qui se fût permis cette impertinence vis-à-vis des niveleurs qui criaient que l'heure de Sparte et de Rome avait irrévocablement sonné pour tous.

4

Nous sommes un peu revenus, Dieu merci, du bruit et des menaces de cet appel qui retentit longtemps comme un sinistre tocsin, mais on ne peut nier et ne pas voir que nos académies de provinces ont elles-mêmes ressenti le contre-coup d'une révolution qui a fait naître pour elles des circonstances et des conditions toutes différentes de celles où furent placées les sociétés savantes qui les précédèrent.

Je dois m'arrêter un instant à le faire sentir.

§ V.

Rouen, Bordeaux, Rennes, Lille, Dijon ont bien encore leurs sociétés académiques ou d'émulation. Mais, voyez la différence : quand ces villes avaient sous l'ancienne monarchie, leurs sociétés procédant à la fois des parlements et des états provinciaux, elles avaient, en quelque sorte, leur histoire et leur existence distinctes. La diplomatie, la science juridique, les franchises locales, la vie civile et politique de leurs populations y formaient comme un tout personnel et séparé, qui avait sa physionomie, son caractère spécial, ses tendances et ses aptitudes. De quelque côté qu'on considérât les questions qui venaient à être posées sur ces matières, c'était autant de grandes études à faire, qui se reliaient au passé, par la tradition et les faits acquis, au présent par deux ordres d'idées et de faits, ceux relatifs à la province à laquelle les questions pouvaient se rapporter, et ceux qui touchaient à l'ensemble du pays, à la France, formés de tant de peuples et de législations différentes.

C'est à ces sources séparées, et en suivant le cours naturel des faits qui en découlaient, que nous avons dû, dans le xvie et dans le xviie siècle, ces belles et fortes études sur l'histoire provinciale de la France ; et c'est à ces mêmes études

que nous avons dû le récit de toutes les péripéties qui signalèrent la vie agitée de nos pères, en même temps que
l'exposé des conditions dans lesquelles s'établirent les institutions qui décidèrent de leur existence, en partant des
soixante et quelques coutumes, plus ou moins de fois révi-
sées, qui servirent de base à la loi spéciale de chaque province, de chaque évêché, de chaque généralité (1).

Mais aujourd'hui, depuis qu'à la suite d'un nivellement
plus ou moins complet, on a découpé la France en quatre-
vingt-neuf départements formant des portions de territoire,
groupées autour des villes les plus populeuses du pays, que
peuvent être comme centre d'étude et d'élaboration scientifique, celles de ces villes qui se trouvent elles-mêmes,
placées dans les lieux les plus favorisés ? il reste encore
quelques questions d'intérêt local ; mais à Dijon, à Bordeaux,
à Rouen, pas plus qu'à Arras, à Auxerre ou à Bourg, les
savants réunis en sociétés régulièrement autorisées, n'ont
rien à voir, dans la vie civile et courante des populations
auxquelles elles servent de chef-lieu, qu'on ne puisse trouver et observer sur tout autre point du territoire.

Si c'est de l'administration proprement dite, que ces
sociétés entendent s'occuper, vous avez ici et là, comme
partout, des préfets, des sous-préfets et des directeurs de
contributions, dont les comptes-rendus et les états annuels
vont s'entasser régulièrement dans le vaste dépôt des archives départementales. Là, tout périt et s'oublie sous
l'énorme masse des papiers et des registres qui s'y amon-
cèlent et je défie le plus ardent statisticien que la terre ait porté

(1) Outre soixante et quelques coutumes formant la loi primitive de nos provinces, la France comptait, dit-on, en 89, plus de
300 coutumes locales, dont l'esprit et la lettre persistaient encore.

d'en exhumer le moindre fait utile, ou pouvant servir à quelque rapprochement profitable, s'il n'a à sa disposition l'oreille et la main de quelque commis ou de quelque directeur de service, obligé par état, de faire ressortir les faits généraux de la profonde confusion des détails.

Comme groupe et comme corps constitué, le département lui-même, ne peut avoir aucune figure propre et personnelle. Le même jour et à la même heure, on a arboré, dans nos quatre-vingt-neuf départements, les couleurs et les insignes qui ont marqué successivement chacune de nos grandes révolutions; et nos administrateurs se sont levés partout, aux mêmes cris et aux mêmes acclamations, suivant les dates et les occasions. Pas de préfet, pas de gouverneur ou de commandant de place, qui puisse avoir son heure et son histoire, pas même d'évêque, pas d'église ou de chapitre, pouvant présenter quelques actes ou quelques institutions, faisant époque dans la vie des populations. Ils n'ont plus rien de privé ou de personnel, et les appointements de tous sont régulièrement inscrits sur les feuilles d'émargements du trésor public.

Il y a bien une municipalité et un corps représentatif de la commune. Quelques intérêts locaux et tout particuliers y sont traités généralement avec le plus grand soin, je m'empresse de le dire, quoique pas toujours avec la plus haute intelligence des besoins généraux du pays; mais, peut-on oublier que ces corps délibérants sont, eux-mêmes, des mineurs et que tous les budgets communaux sont régulièrement soumis au contrôle des commis et des bureaux de préfecture qui sont seuls chargés de les valider et de leur donner la vie. Ce ne sont pas, toutefois, des sources indifférentes à consulter. Les mouvements de l'industrie et de la population s'y reproduisent, mais sans une grande portée d'enseignement, parce que le cadre est trop petit et trop restreint.

Quant aux fortes corporations et aux grandes institutions provinciales qu'on retrouvait, dans l'ancien régime, sous des noms et avec des droits et des priviléges qui leur donnaient une physionomie propre et toute particulière, rien de cela n'existe plus, et l'esprit de recherche et d'investigation ne saurait s'attacher aux actes de l'administration locale sans être obligé de remonter aussitôt au gouvernement central du pays, qui se trouve de fait en dehors de toute étude possible et opportune, de la part des sociétés départementales.

Dès lors, que voir, que rechercher, qu'étudier dans les minimes détails d'infimes divisions territoriales allant se subdivisant sous la même loi et sous la même règle, jusque dans quarante mille communes dont la France se compose aujourd'hui.

Au point de vue de l'intérêt commun, il n'y a donc que bien peu de choses à faire, même dans les plus grandes divisions de notre territoire, et c'est pour cela que nos sociétés départementales y ont généralement si peu de vie et de mouvement.

Les faits le commandent impérieusement, comme nous venons de le dire ; mais les personnes, les membres formant l'effectif de ces sociétés, le commandent aussi.

Cherchez et demandez comment se composent ces réunions ; vous y trouvez, avec le préfet, ou le sous-préfet, les chefs et les employés des administrations locales, quelques jeunes avocats, et un petit nombre de propriétaires et d'industriels. J'ai fréquenté grand nombre de ces sociétés, et à toutes les questions posées, j'ai constamment trouvé la plus grande partie de ces assemblées visiblement préoccupées du soin de se rendre agréables à l'autorité, quelle quelle fût, et à ne pas la contrarier ou lui déplaire. J'ai, toutefois, en même temps, reconnu, que sur la moitié des questions posées, les meilleurs et les plus complets renseignements venaient toujours des hommes attachés au pouvoir et à l'administration, par cela même qu'ils étaient placés aux meilleures sources, et sensiblement plus exercés dans le rapprochement et la comparaison des faits. Mais cela ne peut suffire, et toutes les fois qu'une certaine liberté de pensée est nécessaire, pour la juste appréciation des faits, ces hommes, si complétement instruits, quelquefois, sont amenés, par l'intérêt de leur position, à trop rechercher ce qu'un chef, présent ou absent, pourra penser de ce qu'ils auront dit ou fait. Cette seule circonstance conduit à écarter certaines questions, comme à restreindre ou à détourner certaines discussions qui auraient pu être fort utiles. Comment en serait-il autrement? N'avons-nous pas tous vu des départements, où préfet et sous-préfets, prenant en main la direction de tous les intérêts qui cherchaient à se produire, se nommaient présidents des sociétés hippiques, d'archéologie, de morale ou de beaux-arts, qu'ils décrétaient, souvent, par simples arrêtés. Et qu'on ne pense pas que ce soit de la critique que nous nous proposons de faire, nous exposons simplement les faits.

C'est à toutes ces circonstances qu'il tient que les sociétés savantes de nos départements vivent obscurément d'une vie si peu animée qui, de sa nature propre, ne peut se manifester que faiblement au dehors, quoi que fassent leurs membres, pour leur donner quelque importance, par des publications, dont le cercle est naturellement restreint aux limites du département, et, le plus souvent, à la ville ou à l'arrondissement où leur existence s'accomplit.

Dans cet état de langueur et presque, de dépérissement forcé, il n'est pas, jusqu'à leur organisation, qui ne porte en elle, des éléments de faiblesse qui les condamnent à une sorte d'impuissance qui s'oppose à toute production empreinte d'un cachet de force et d'originalité ; et l'on peut se demander si le nombre des titulaires de ces sociétés resté presque toujours illimité, pour parvenir à couvrir quelques dépenses, ou pour répondre à une des tendances les plus marquées de notre temps, n'a pas été plus nuisible qu'utile à leur propre influence, et si ces mêmes sociétés ne seraient pas, assurées d'une action plus décisive, en n'ayant qu'un petit nombre de places à offrir aux véritables adeptes de la science, forcés de faire leurs preuves, pour se faire agréer de leurs confrères. Ce qui me fait assez fortement opiner de ce côté, c'est que dans beaucoup de sociétés nombreuses, par leurs souscripteurs, plus ou moins lettrés, j'ai toujours reconnu un groupe d'oisifs, souvent plus occupés à contrôler les actes de leurs confrères, qu'à les seconder dans les efforts et le zèle qui pouvaient seuls constituer les véritables traditions de l'esprit académique.

Il résulte, de tout ce que nous venons de dire, que ces sociétés, à part celles qui s'occupent d'histoire naturelle, ou de sciences physiques, n'ont guère d'autre cadre ouvert devant elles que l'archéologie proprement dite. Or, cette science est évidemment très-intéressante ; elle embrasse même, jusqu'à un certain point, l'histoire passée de nos provinces, et nous rend, chaque jour, les plus incontestables services pour la conservation de nos monuments et l'épuration du goût ; mais, de sa nature, cette science est très-limitée et un peu froide, quand elle descend dans les détails techniques. On comprend, dès lors, pourquoi elle n'a pu prêter à nos sociétés départementales, même les plus zélées, qu'un mouvement très-secondaire, réservé à un très-petit nombre d'adeptes prédestinés, mais sans influence, et sans attraction

sur la masse des esprits qui, empreints du souffle toujours
agité du siècle, demandent naturellement à se porter vers
d'autres faits et de tout autres questions capables de les ini-
tier à la vie et au mouvement de notre âge.

C'est de ces idées et de ces besoins que sont nés, avec
l'éclat un peu retentissant de leur nom, les CONGRÈS SCIEN-
TIFIQUES qui se sont montrés, presqu'au même moment, en
Allemagne, en France, en Italie et en Belgique, ouvrant un
champ à toutes les études, appelant à eux tous les hommes
pénétrés de quelque ardeur pour la science et le bien.

Qui ne comprendrait donc que c'est là une nouvelle et
puissante institution, qui a eu, dès le principe, une assez
juste compréhension des besoins qu'elle voulait servir, pour
qu'on ne puisse pas plus nier les services qu'elle a déjà
rendus, que ceux qu'elle est mesure de rendre.

Mise ainsi en position de répondre à des aspirations certaines et bien définies, on peut toutefois se demander encore si cette institution réalisera, en dernier lieu, tout le
bien qu'on est en droit d'en attendre ; or, j'ai pensé que
pour le savoir, il ne fallait pas reculer devant le soin de la
suivre dans quelques-uns de ses moyens d'action, pour avoir
un sentiment plus exact et mieux défini de son esprit.

Le règlement constitutif des congrès, ainsi que nous l'avons
déjà dit, est aussi simple que clair.

Toute personne, amie des sciences ou des lettres, est ad-
mise à en faire partie.

Le congrès se réunit annuellement, dans le mois d'août ou
le mois de septembre, dans une ville de France dont l'administration municipale en a fait la demande.

Quant à la constitution même du congrès, un président
et un bureau, élus à la majorité des suffrages, règlent et
conduisent les débats de leur autorité discrétionnaire.

La voix est acquise à tout membre souscripteur d'une modique somme destinée à former le fonds commun affecté à la publication des procès-verbaux : et chaque membre peut ajouter de nouvelles questions à celles comprises au programme, après avoir obtenu l'agrément du bureau.

Une commission d'organisation, composée d'un secrétaire général désigné par le congrès qui a fixé le lieu de la nouvelle session, et de délégués des corps savants de la ville où se tiendra le congrès, est chargée de préparer le programme de la future session.

Puis, comme il fallait, pour assurer la continuité des sessions, et leur développement, une pensée d'ordre et de direction, il s'est formé, lors de la septième session du congrès scientifique de France, en 1839, une société spéciale, composée des membres les plus zélés des congrès et des sociétés départementales, qui, a pris, en main, la direction, très-restreinte, d'ailleurs, des détails afférents à la tenue des sessions.

Cette société, fixée d'abord à deux cents membres, puis à quatre cents, se recrute incessamment par la voie de l'élection, dans le sein des sociétés départementales chargées des présentations : et, depuis peu, il a été décidé qu'aucune élection n'aurait lieu sans un rapport sur les titres du candidat.

Une direction, composée de douze membres, est chargée des dispositions à prendre, pour la fixation des congrès, et je ne lui vois guère d'autres attributions, que de statuer, par occasion, sur la distribution de quelques médailles, provenant, jusqu'à présent, de la libérale initiative d'un membre, dont le nom, justement honoré par des sacrifices sans nombre, ne saurait plus être séparé de l'institution dont nous parlons.

Ainsi organisée, marchant d'une manière désormais parfaitement régulière, l'institution des congrès scientifiques de France est donc parvenue, cette année, à sa trentième session, et, comme un météore puissant, poursuivant son cours, à la face entière du monde et des gouvernements qui se sont succédé, dans notre pays, sous des couleurs si différentes, on a vu se former, autour de lui, comme autant de satellites, une fois les congrès régionaux, une autre fois le congrès d'archéologie, puis le congrès central d'agriculture, le congrès des délégués des sociétés savantes, etc., etc.

Qu'ont dit, qu'ont exprimé toutes ces réunions sur le but même de l'institution? Toujours la même pensée : — que les études locales demandaient à se ranimer en étendant le cadre de leurs investigations, et en puisant une nouvelle ardeur dans le concours des travailleurs, qu'un louable esprit d'exploration amenait du dehors; — que, sur tous les points, la science en général, et les sciences d'application surtout, avaient besoin de vérifier et de confirmer leurs doctrines par les faits observés sur place; — que, dans les grandes industries, dans l'agriculture et le travail manufacturier lui-même, il y avait partout des faits à connaître et à bien définir, des intérêts à classer entre eux, à recommander et à défendre; études et recherches qui conduisent les esprits à s'interroger sur tout ce qui constitue la vie civile et politique de notre pays, sans aller cependant au-delà d'une appréciation purement philosophique des doctrines et des institutions sur lesquelles repose l'état normal du pays. Les congrès ont donc jugé que, dans cette voie de libre examen, il fallait laisser toutes les pensées et tous les systèmes se produire dans la juste limite des droits communs et des doctrines consacrées par le temps et par la raison. Et, sur ce point, comme les congrès se trouvent toujours composés d'hommes de loisirs et d'étude généralement pris dans les classes élevées et instruites de la société, il est advenu qu'ils se sont montrés constamment animés d'un esprit très-ferme de conservation, et il reste acquis qu'avec des sessions déjà sans nombre, représentées par plus de cent volumes de procès-verbaux, ils ne sauraient offrir la trace d'une de ces idées ou de ces systèmes aventureux et téméraires, auxquels des esprits maladifs ou déclassés auraient pu s'attacher pour faire un peu de scandale. Personne qui ne rende à ces réunions un haut et complet témoignage de leur esprit d'ordre et de leur parfaite mesure dans toutes les investigations qu'elles ouvrent sur des sujets de nature si différente; mais de là aussi l'importance et l'autorité incontestable que ces utiles réunions prennent chaque jour d'une manière plus résolue, affirmant et démontrant le bien qu'elles avaient annoncé, et devenant ainsi pour l'étranger comme pour notre propre gouvernement, l'objet d'une attention et d'une sollicitude que nous ne pouvons omettre de signaler.

En reprenant en effet les choses d'un peu plus loin, ne sont-ce pas les deux congrès régionaux de la Normandie et de la Bretagne qui, après s'être essayés pendant dix ans à des exhibitions d'animaux et d'instruments aratoires, comme les comices qu'ils avaient fondés, s'étaient essayés aux concours des charrues; ne sont-ce pas ces utiles réunions qui ont suggéré au gouvernement l'idée de diviser la France en régions agricoles, qui ont eu depuis leurs concours d'animaux gras ou reproducteurs, couronnés eux-mêmes par ces hautes primes d'honneur, qu'un rapport encore récent de M. le Ministre de l'Agriculture, nous signalait en voie de progrès? Mais qui pourrait nous faire oublier que la première pensée de ces concours éclosait au sein des congrès régionaux vers 1844, en même temps que l'idée d'un ministère distinct pour l'agriculture (1).

Nous jouissions en effet partout alors, en Normandie comme en Bretagne, au centre comme au nord, du droit de former des associations et de nous réunir en congrès, pour discuter librement toutes les questions de pratique comme de théorie, en même temps que les exhibitions nous fournissaient les faits et les exemples qui pouvaient infirmer ou confirmer les systèmes mis en avant.

Aujourd'hui, avec plus de ressources et plus d'apparat, nous avons de moins la discussion et l'exposé des pratiques suivies. Je les regrette l'un et l'autre, et je doute que le perfectionnement, malgré l'importance des primes gouvernementales, ait été complet, et que la dispersion de tous les congrès régionaux, sauf un seul, ait ajouté quelque chose aux espérances qu'on avait pu former.

Quoi qu'il en soit, ce n'est pas là le seul emprunt qui nous ait été fait. Après avoir eu l'heureuse pensée en 1849 de constituer à Paris un congrès central des délégués des sociétés savantes dans le but de resserrer les relations de ces sociétés entre elles, et d'ajouter une nouvelle impulsion à celle déjà donnée par les congrès scientifiques, c'est avec un nouveau plaisir que nous avons vu le gouvernement depuis trois ans créer aussi son congrès des sociétés départementales, sous la présidence de M. le Ministre de l'Instruction publique. Le ministre et le gouvernement, je crois, ont eu raison de compter sur l'efficacité des louables encourage-

(1) Le Congrès breton tenu à Vannes, en 1843, ne consacra pas moins de trois séances à cette importante question que le Préfet du Morbihan eut à cœur de discuter avec le plus louable zèle et le talent le plus remarquable.

ments qu'ils manifestent l'intention d'accorder aux lettrés des départements. Mais ici, comme dans les exhibitions régionales du ministère de l'Agriculture, il n'y a personne qui ne sente, que sous la présidence officielle du premier dignitaire de l'Université, il restera toujours quelque chose à désirer, que les savants et les hommes d'étude se sont habitués à rechercher dans les congrès privés, où tout penseur trouve à prendre la parole sur les questions qu'il lui plaît de poser lui-même, ou de choisir dans le programme que d'autres penseurs font aussi libres que lui, se sont efforcés de rédiger, comme l'expression la plus exacte des idées en circulation.

Ce congrès des délégués des sociétés savantes s'était imposé, d'un autre côté, à chaque session, l'obligation de passer en revue, dans un rapport détaillé, l'ensemble des travaux des sociétés départementales (devoir qu'il remplit avec un soin et une constance dignes des plus grands éloges depuis quinze ans), et de consacrer en même temps les colonnes d'un bulletin mensuel à l'indication raisonnée de tous les écrits publiés dans la province. M. le Ministre de l'Instruction, toujours attentif à suivre les essais et les efforts soutenus de nos congrès, a encore bien voulu s'arrêter à la pensée dont nous parlons, et, sans changer de titre à notre propre publication, avoir aussi son *Bulletin des Sociétés savantes*, en déclarant que ce bulletin avait pour but, comme nous l'avions énoncé nous-mêmes, de *faire connaître tous les travaux scientifiques et littéraires du pays.*

Nous devions naturellement nous estimer heureux de voir notre pensée et notre œuvre recevoir un tel concours, et nous avons laissé à d'autres la rédaction d'un bulletin auquel tous nos vœux se rattachent en faveur de l'histoire littéraire de notre pays et des départements en particulier.

Comment, en effet, ne nous serions nous pas complétement réjoui de ces emprunts qui honorent nos propres tentatives, et nous rappellent avec bonheur trente ans de luttes et d'essais ?.....

Un instant nous aurions pu croire peut-être que les présidents et les membres des Sociétés départementales convoqués au congrès que M. le Ministre ouvre chaque année en pleine Sorbonne avec une solennité éclatante, auraient pu avoir la pensée de nous abandonner, ou tout au moins de nous négliger. Il n'en a rien été, et à chaque nouvelle session le congrès central des Sociétés savantes a eu le plaisir de compter plus d'adhérents que les années précédentes, ce qui doit donner à penser que les deux institutions, au lieu de se nuire l'une à l'autre, trouveront à s'inspirer d'une juste émulation qui leur sera profitable à toutes deux.

Dans ces conditions, les hommes que j'ai vus le plus constamment dévoués à l'œuvre des anciens congrès, m'ont toujours paru fermement animés de la pensée que pour produire tout le bien qu'on peut en espérer, il faut que les congrès continuent à rester dispensés d'un protectorat qu'ils n'ont jamais recherché et qui pourrait effacer quelques-uns des traits les plus significatifs de leur caractère. C'est à cette condition, en effet, que les hommes de tous les partis comme de toutes les écoles, ont pris plaisir jusqu'à présent à s'y donner rendez-vous, et à s'essayer sur le terrain d'une libre et courtoise discussion qui anime les esprits sans les aigrir ou les compromettre par des engagements qu'on ne saurait entrevoir nulle part. Cependant, ce n'est pas que l'institution puisse se passer de la bienveillance du pouvoir, car, le veto ou le consentement de celui-ci peut toujours décider de la continuation et de l'existence de l'œuvre, et si depuis trente ans nous avons vu les princes de l'Église et les chefs des pouvoirs civils et militaires, se montrer partout empressés à se rendre au sein des congrès, et presque toujours y occuper des places d'honneur, nous ne pouvons oublier que cette grande et belle institution, malgré ses succès et sa longue existence, n'est pas encore placée sur un pied de parfaite égalité avec les plus petites sociétés de nos départements, munies d'une reconnaissance légale qui leur permet de recevoir des dons et des libéralités comme établissements reconnus d'utilité publique.

C'est là une fâcheuse lacune dont l'institution souffre depuis longtemps, et que pour notre part nous voudrions voir cesser au plutôt. Mais ainsi fortifiée un jour ou l'autre, nul doute que l'institution ne prenne d'elle-même tout l'essor qui devra lui donner une action plus décisive et mieux réglée sur les esprits comme sur les études qu'elle poursuit dans toutes les branches des connaissances humaines, sans préjugés et sans systèmes préconçus mis au service de qui que ce soit.

Je ne sais si nous nous trompons ; mais il nous a souvent paru, qu'à travers les mailles serrées du réseau administratif qui enlace, les esprits et les intérêts des pays, il n'aurait été ni mauvais ni dangereux de laisser quelques issues, comme les congrès, par lesquelles s'échapperaient ces désirs qui s'élancent à toute époque vers l'avenir, et croient souvent en disposer, en prenant leur parti sur ce qui les retarde ou paraît les blesser dans le présent.

J'entends aussi dire que la parfaite régularité de la vie civile et administrative des citoyens exerce, à certains points de vue, une influence peu salutaire sur le niveau général des esprits, et qu'on peut, à quelques signes, reconnaître dans les caractères un abaissement ou un amoindrissement, tout au moins, qui porterait à penser que les masses pour-

raient avoir perdu une partie de cette sève et de cette réso-
lution qui distinguaient nos pères.

Je me plais à croire qu'il n'en est rien. Mais une telle
assertion ne peut, elle-même, s'être accréditée ou s'être fait
jour, qu'en considérant les incontestables inconvénients
d'une réglementation qui conduirait à *mettre en régie jusqu'aux choses de la science et des lettres*, et pourrait porter
une funeste atteinte aux traits les plus saillants et les plus
justement originaux du caractère national (1).

Je ne puis croire à de tels faits, mais tenons-nous en
garde, pour les lettres surtout, contre cette fâcheuse habi-
tude d'en appeler à l'administration pour les plus petits
besoins du pays, et ne pensons pas que le pouvoir puisse
jamais donner aux choses de l'esprit ce tour ou cette inspiration qu'elles ont toujours tirés de leur propre fonds et
qui ne sauraient se produire, à jour marqué, sur les ordres
de qui que ce soit.

Une telle influence ne saurait appartenir non plus à
l'administration qu'aux congrès scientifiques, et si ceux-ci

(1) Ce que nous disons ici de l'essor qu'il convient de laisser
à la libre expansion de la pensée au sein des grandes réunions
dont nous essayons l'histoire, peut et doit se dire aussi d'une partie
essentielle de l'enseignement public. Et si l'on peut justement s'ap-
plaudir de voir l'enseignement supérieur des facultés confié aux
talents les plus honorablement éprouvés, il ne faut pas perdre de
vue que l'esprit des masses, les mœurs, le caractère même des
populations, perdent quelque chose à un enseignement trop com-
complétement défini, trop positivement limité : c'est d'abord l'originalité procédant du fait même du professeur, c'est aussi l'exci-
tation qui lui viendrait du dehors par d'honorables concurrences,
c'est enfin l'éclat et l'élévation de sa parole, comme des doctrines
qu'il professe, qui se brisent ou se perdent sous le poids des allé-

peuvent ambitionner l'honneur de vulgariser certains points de la science ou de l'art, en suivant le mouvement que l'un et l'autre prennent sous l'influence des mœurs et du goût du public, l'administration, de son côté (et son rôle restera très-beau), devra s'estimer heureuse d'aider à ce travail par le développement et l'accumulation des richesses intellectuelles qui font la gloire de notre pays.

C'est dans ces limites et dans ce cadre sagement ordonnés, suivant nous, que se prépareront, avec plus de sûreté que jamais pour la science elle-même ces explorations locales, ces traités spéciaux, ces monographies précieuses faites et entreprises avec amour par des travailleurs modestes et consciencieux qui, membres habitués des congrès et des sociétés départementales, forment comme une phalange longuement éprouvée, sur laquelle la vérité et le savoir s'appuient chaque jour avec plus de sûreté.

Comment douterais-je de l'exactitude de cette assertion? N'entendions-nous pas, il y a peu de jours, le Ministre de la maison de l'Empereur dire : « qu'il serait à souhaiter que « l'initiative des particuliers pût constituer en France, comme « cela se pratique dans un pays voisin, des compagnies indé-

gations qui le représentent comme invariablement soumis à des opinions intéressées ou fatalement imposées.

Que de cours parfaitement bien faits d'après ce qui nous a été rapporté à nous-mêmes sont ainsi négligés, et que de doctrines et de vues très-sages restent de la sorte sans action sur les jeunes imaginations, qu'un peu plus d'indépendance, dans la pensée du professeur, aurait infailliblement conquis à l'étude de la science. L'essai encore récent de cours et de conférences librement ouverts en dehors de la direction du gouvernement, donne, sous ce rapport, les plus justes et les plus légitimes espérances d'un changement qui profiterait à tous.

« pendantes ayant leurs franchises, ne relevant que d'elles
« mêmes et vivant sous la protection égale de la loi. » Et
dans une autre circonstance, peu de temps auparavant, le
premier magistrat de la ville capitale d'un Etat voisin, ne
prenait-il pas le soin de nous dire qu'il était autorisé à affirmer que chacun des dix ou douze congrès qui se sont tenus
à Bruxelles, n'a jamais manqué de laisser une trace heureu-
sement marquée dans la législation de son pays. Nous pourrions, sans nous tromper, assurer comme ce bourgmestre
de la Belgique, que pas une des villes, pas un des départe-
tements où le congrès scientifique de France a passé, depuis
trente ans, n'a manqué de profiter de ce qui s'y est dit, pour
élever le niveau général des études et de l'opinion publique,
tout en animant d'une émulation salutaire les hommes qui,
par leur position, tiennent à l'administration comme aux
lettres.

Mais, qu'est-il besoin de citer ces exemples? Notre gouvernement paraît aujourd'hui les avoir lui-même parfaitement compris, et depuis plusieurs années il n'a pas manqué
d'avoir ses représentants officiels à Londres, à Bruxelles
comme à Berlin, quand il s'y est agi de statistique et d'économie politique. D'une autre part, il a comme nous *sa revue
des Sociétés savantes*, et il nous donne, depuis quelque
temps, deux volumes par an pleins d'études et de mémoires
sur la province dignes du plus sérieux intérêt; il a comme
nous *sa réunion des délégués des Sociétés départementales*;
il a ses questions au concours, ses prix, ses récompenses,
ses médailles, comme nous les avons aussi, avec de très-
modestes ressources il est vrai, mais peut-être avec un peu
plus de latitude dans le choix des questions; il a même
ses fouilles archéologiques comme nous avons les nôtres, et
là où nous ne pouvons quelquefois affecter que de bien pe-

tites sommes, produit de nos modestes souscriptions, nous le voyons avec plaisir pousser plus loin que nous ne pourrions le faire, le pic et la houe au travers des sillons tourmentés des anciens champs de bataille de nos pères, ou jusque sous les fondements des monuments de notre âge qui recouvrent les derniers restes d'une autre civilisation.

Nous le redisons donc avec plaisir : il y aurait ingratitude et injustice à ne pas reconnaître ces efforts, et nous y applaudissons de tous nos moyens, car le travail ministériel des Comités d'histoire et d'archéologie institués près du Ministre de l'Instruction publique, en se combinant avec l'action soutenue des Sociétés départementales d'une part, et les travaux fort distingués des professeurs de quelques facultés des lettres et des sciences dans nos départements, présentent déjà une masse de faits et de renseignements dignes en tous points de la plus haute attention des hommes qui suivent le mouvement de la science et veulent le connaître (1).

Une connaissance des faits de notre histoire chaque jour

(1) Outre les résumés très-substantiels des travaux littéraires qui se sont accomplis dans la circonscription des Académies de Rennes, de Dijon, de Nancy, de Strasbourg, de Poitiers de 1861 à 1864, on trouve dans les volumes de la *Revue ministérielle* pour ces années une foule de mémoires et de notices pleins d'intérêt sur les temps de la féodalité, sur l'histoire des communes et de quelques grandes familles, sur plusieurs événements des derniers siècles, comme ceux relatifs à la Fronde ou à la succession d'Espagne, au temps de Louis XIV. Une importante correspondance de la famille d'Harcourt avec les principaux acteurs de ce dernier événement, répand une nouvelle lumière sur une des phases les plus agitées de la grande époque de Louis XIV. D'autres pièces inédites pour la plupart, aident à mieux définir

amenée à une précision de plus en plus significative, un nouvel ordre et une nouvelle importance donnés à des événements jusqu'ici restés obscurs, oubliés ou très-négligés, donnent, en quelque sorte à tous ces travaux vivement empreints de la couleur des lieux, une physionomie nouvelle et pleine d'originalité que la curiosité suffit à faire rechercher et que l'esprit d'investigation fait aimer, comme la source inépuisable d'aperçus et de considérations qui lient notre existence de plus près à celles des générations que nous avions trop peu connues jusqu'à ce jour.

Peut-être toutefois, si, malgré l'effort aujourd'hui combiné des congrès scientifiques et des réunions ministérielles, ce mouvement des esprits et des études dans la province, n'a pas encore acquis toute l'autorité qu'il ne peut manquer

les intérêts qui se trouvèrent en jeu peu de temps avant la majorité de Louis XIII, et servent ainsi de leur côté, à éclairer une partie importante de l'histoire de notre ancienne monarchie; enfin si nous n'avions la crainte d'effleurer maladroitement une partie des curieuses communications qui ont été faites récemment à la réunion de la Sorbonne, nous ajouterions que de nouvelles lettres de Bossuet y ont jeté un jour tout nouveau sur les années les plus troublées de la jeunesse de Louis XIV; qu'un précieux manuscrit et des lettres de Voltaire et de Rousseau exhumés de la bibliothèque de Poitiers et des archives de la famille d'Argenson, prouvent que la philosophie hégélienne s'était complètement développée sous la plume d'un bénédictin du dernier siècle, longtemps avant que l'Allemagne s'en fût émue; et, pour l'histoire, que des lettres nouvelles et inédites de Louis XI et de Montluc, remettent en question plus d'un fait qu'il eût été prudent de n'accepter que sous bénéfice d'inventaire. Voilà quelques-uns des travaux des universités et des Sociétés départementales. Mais une partie des investigations des comités eux-

d'obtenir, peut-être cela tient-il à ce que jusqu'à ce jour, on n'a pas assez compris les secours intelligents et mutuels que les deux institutions peuvent se prêter.

Le culte des lettres ainsi pratiqué par des hommes naturellement éloignés des influences que la fantaisie et l'esprit de concurrence exercent trop souvent au sein des grandes capitales, ne pourra que se bien trouver d'une nouvelle activité qui lui fera gagner en solidité et en profondeur tout ce que des goûts éphémères et passagers lui auraient fait perdre.

Nous entendons souvent parler de franchises et de garanties politiques à donner à notre pays toujours agité.

Nous entendons parler incessamment de décentralisation, et M. le Ministre de l'instruction lui-même a plusieurs fois déclaré en vouloir faire à l'aide des institutions nouvelles

mêmes qui mérite une attention au moins égale, est celle qui, sous forme d'enquête, avec le concours naturel des Sociétés locales et des agents du gouvernement, professeurs, archivistes et fonctionnaires des Académies, se poursuit pour arriver à la formation d'un répertoire complet d'archéologie. L'inventaire des richesses que possèdent les dépôts des départements et des grands établissements de la province, outre les copies de pièces très-curieuses qui sont chaque jour envoyées directement par des littérateurs de la province ou des savants chargés de missions à l'étranger, forment de leur côté un recueil auquel personne ne pourra se dispenser de recourir. Les comptes rendus et les rapports faits dans le courant de chaque exercice, sur les mémoires et les travaux contenus dans les publications de chaque société des départements, fournissent, d'une autre part, un moyen à la fois heureux de faire connaître ces travaux, et de les mettre en quelque sorte à la portée de tous ceux qui peuvent avoir intérêt à les consulter.

sur lesquelles il essaie de fonder l'étude des lettres et des sciences dans la province. Ne pouvons-nous pas déjà sur ce point signaler un fait capital et hors de discussion, résultant de l'existence et de la création des congrès mêmes ? C'est que l'histoire de notre pays, surtout avec une abondance nouvelle de documents et une appréciation plus rigoureuse des faits, prend une ampleur et une portée qui avaient presque complètement manqué aux historiens des derniers siècles, retenus qu'ils étaient à un centre et dans une capitale où tout se condensait, mais où tout s'étiolait aussi comme sous une cloche de serre chaude sans que l'on pût rien voir au-delà d'un horizon que l'administration resserrait de plus en plus par son invariable tendance à la centralisation.

De très-grands génies sans doute sont parvenus à se mouvoir dans cet étroit espace, mais serait-il téméraire de dire qu'avec plus de liberté et plus d'étendue dans les moyens, ils auraient peut-être encore mieux fait.

Nous n'essaierons pas de résoudre une pareille question, on le pense bien, mais ne peut-on pas espérer aujourd'hui qu'avec tant de découvertes et d'aperçus nouveaux, avec tant d'œuvres et de pensées présentées sous des formes et des aspects si divers, n'est-il pas permis, dis-je, d'espérer que les arts et les lettres, en échappant définitivement aux étroites étreintes de la synthèse qui les retenait comme dans un cercle de fer, trouveront enfin le moyen, sans s'écarter des règles imprescriptibles du goût, de s'ouvrir des voies encore inexplorées. Les esprits délicats et exercés y trouveraient de nouvelles jouissances ; et les populations provinciales que les écrivains du dernier siècle citent comme étant partout en retard sur celles qui se trouvaient plus rapprochées du siège du gouvernement, en profiteraient à leur tour.

Que celui-ci aujourd'hui par la culture soutenue et élevée des intelligences jusque dans les régions les plus éloignées de la province poursuive donc cette œuvre réparatrice, et l'on peut être assuré que le pays entier y trouvera des éléments nombreux de progrès pour le jeu propre de ses institutions, comme il en trouvera pour la diffusion des connaissances les mieux appropriées à notre civilisation.

Avec l'Institut et ses hautes décisions au sommet, on peut, en toute confiance, s'abandonner à l'espoir de voir ainsi l'œuvre nouvelle et féconde des congrès entretenir dans le pays ces heureuses dispositions d'étude et de recherche qui animent de toutes parts les intelligences prédestinées au savant labeur des sciences et des lettres ; et à en juger par le nombre toujours croissant des jeunes écrivains qui viennent, chaque année, de la province et des points les plus éloignés, prendre part à vos concours et disputer vos couronnes (1), nous croyons pouvoir ajouter en toute sûreté que l'heureux mouvement des études scientifiques et littéraires de la province ne peut que s'affirmer chaque jour par des succès nouveaux.

(1) La moyenne des seuls mémoires adressés à l'Académie des inscriptions, de 1840 à 1861, pour l'histoire des antiquités nationales, s'est élevé de 27 à 64, et a atteint quelquefois, comme en 1861, le chiffre de 88.

ORLÉANS. — IMP. ERNEST COLAS.

9 782329 229867